伊桜里

高校事変 劃《かく》篇《へん》

松岡圭祐

角川文庫
23819

伊桜里

高校事変 劃篇《かくへん》

瑠那がＥＬ累次体の名簿を入手する前の物語

1

五歳の伊桜里《いおり》は、大人とほぼ同じ速度で歩けた。縄跳び、ブランコの立ち漕《こ》ぎで遊びだした。ジャングルジムを縦横にめぐり、平均台をまっすぐに渡った。ハサミと糊《のり》で簡単な紙工作もできるようになった。

それらが同年齢の子供らと共通の能力であることを、伊桜里は一時保護された児童福祉施設で初めて知った。六本木《ろっぽんぎ》オズヴァルドのバックヤード、厨房《ちゅうぼう》と倉庫の暗がりで檻《おり》に入っていたときとは、根本的に異なる暮らしがまっていた。太陽の眩《まぶ》しさに溢《あふ》れた明るい日々がそこにあった。こんなふうに生きられる、これからもこうして過ごしていける。解放感と喜びに満ちた人生の激変。幼い伊桜里はようやく自分が人間だと実感した。

のちに起きることを思えば、そんな喜びなど味わうべきではなかったのかもしれない。優莉《ゆうり》匡太《きょうた》のもとにいた感覚のまま、新たな親のもとに移っていれば、辛《つら》さも苦しさも特に認識せずに済んだだろう。

伊桜里は自分の苗字《みょうじ》を知らずに育った。名前の前に、本当は優莉とつけるのだと大人が教えてくれたりしたが、その意味はまったく不明だった。周りの兄弟姉妹たちも、みな名前の前に優莉とつくと知ったため、名前のあとに〝さん〟とか〝ちゃん〟がつくのと同じようなもの、そう解釈した。

施設で見知らぬ大人に名をきかれ、伊桜里と答えると、かならず〝なに伊桜里？〟と再度たずねられる。ほぼ条件反射的に、優莉伊桜里と答えれば、賢いねと微笑まれた。

そんなある日、伊桜里は突然、まったく面識のない大人の男女に引き合わされた。男性のほうは、警察に捕まったと噂の実父より年上に見えた。名は渚泰正《なぎさやすまさ》、日焼けした顔で痩《や》せた身体つきだった。女性は渚珠代《たまよ》、こちらは腫《は》れぼったい瞼《まぶた》で厚化粧、丸々と太っていた。

この出会い以降、優莉伊桜里と名乗ると、なぜか強い口調で咎《とが》められるようになった。渚伊桜里というのが正しいらしい。

渚夫妻は伊桜里を迎えに来たとき、終始笑顔を絶やさなかった。ふたりとも口を揃え、伊桜里を可愛いといった。その褒め言葉に伊桜里は慣れきっていた。大人が当然のように自分に向けてくる物言いだと思った。けれどもそれがきかれたのも、施設をでる日が最後になった。

都電の荒川車庫前《あらかわしゃこまえ》駅近く、古びた家屋ばかりがひしめきあう住宅地の奥深く、木造二階建てアパート２０３号室。そこが伊桜里の新たな住まいだった。六本木の厨房より狭く、片付かず雑然とした二間が、これからの生活の舞台になった。

アパートで夫妻は不機嫌な顔になっていた。伊桜里への態度も刺々《とげとげ》しかった。可愛いという代わりに、ぴしゃりとひとことを伊桜里にぶつけてきた。「うるさい！」

あとでわかったことだが、渚夫妻は本来、里親として伊桜里を引き取るつもりだったらしい。当時は養育里親になれば七万二千円が毎月支給された。しかも伊桜里の場合は、専門里親に分類されるため、月額十二万三千円がもらえる計算だった。さらに一般生活費として五万円前後、ほかに教育費や入学金、医療費の支給まで受けられる。

虐待されていたり非行問題があったりする児童、あるいは障がいが認められるなど、特別なケアを必要とする児童の養育、それが専門里親だった。そのぶんだけ支給額も高くなる。優莉匡太の子供は全員、知能や健康面に問題がなくとも、施設をでる場合は専門里親に引き取られるべしと決定が下った。

過去に三年以上の養育里親経験がないと、専門里親にはなれないが、渚夫妻はいちおうその条件をクリアしていたか、もしくはなんらかの方法で経験ありと偽っていたようだ。

渚夫妻は優莉匡太のほかの子供も引き取りたがっていた。実父は逮捕され、まず死刑は免れない。子供たちの大半は幼く、不良になる年齢でもないから扱いやすい。世間体を気にしなければ、ごくふつうの児童を専門里親として引き取れる。こんなにおいしい話はないと夫妻は考えた。しかし兄弟姉妹を一緒にしないとの裁判所の判断から、引き取るのは伊桜里ひとりに留《とど》まった。

支給金めあてという下心を隠蔽《いんぺい》するため、夫妻は施設職員に対し、ひとつの主張を貫き通した。渚泰正の猫なで声を、同室にいた伊桜里はきいた。「伊桜里ちゃんが不《ふ》憫《びん》だし、とにかく可愛いから育てたいと思いまして」

「それでしたら」と職員が提言した。「いっそのこと養子縁組を結ばれては？」

とりわけ特別養子縁組にすれば、生みの親である優莉匡太や、素性不明の母親との親子関係は完全に消滅し、渚夫妻が正式に父母になる。職員は身を乗りだした。「そのほうが伊桜里さんとの結びつきも深くなりますよ」

家裁による審査は特例扱いで短縮された。特別養子縁組は速やかに決定した。だが渚夫妻はふたりとも社会勉強が足りなかった。里親ではなく養子縁組を結んでしまうと、国からの補助は受けられないことを知らずにいた。のちに事実を告げられた夫妻は、大慌てで伊桜里の養育を放棄しようとしたらしい。しかしふつうの養子縁組とちがい、特別養子縁組は離縁できず、親子関係がつづくといわれてしまった。むろん五歳の子の育児は親の義務になる。

　当時の伊桜里はなにもわからず、ただお父さんお母さんと呼ぶ大人ふたりが、なぜ怒ってばかりいるのかふしぎでならなかった。施設で会ったときと同じ笑顔に、早く戻ってほしいと心から願った。そのためにはなんでもいうことをきこうと思った。

　四月が来て、伊桜里は急に小学校という場所へ通うことになった。幼稚園へ行った経験もない伊桜里には、同い年の子が集う場所は新鮮で、楽しみでしかなかった。入学式までは胸が弾んだ。そのあとクラス分けがあった。担任の女性教師が、渚さんでも伊桜里ちゃんでもなく、渚、そう呼んだ。どうやらこれからは苗字を呼び捨てにされたうえ、厳しい物言いで指示を受けるのが日常になるらしい。六本木の厨房で過ごした、暗澹《あんたん》とした毎日に戻っていくのでは、ぼんやりとそんな不安を感じた。

　氏名をたずねられたとき、物心ついてからの癖で、うっかり優莉伊桜里と名乗った。女性教師はひどく取り乱し、烈火のごとく怒りだした。クラスメイトらは、そのことを家庭で話したのか、翌日から伊桜里と距離を置くようになった。伊桜里はひとり除《の》け者にされた。けれども伊桜里はとっくに学校生活どころではなくなっていた。

どういう意図があってのことか、女性教師は伊桜里の母に電話したらしい。伊桜里に優莉と名乗らせないよう、再三申し渡したようだ。帰宅した伊桜里をまっていたのは、鬼の形相の母だった。いきなりビンタが襲った。容赦なく繰りかえし頰を張られた。畳の上に倒れた伊桜里を、母は怒号とともに蹴《け》ってきた。

「この馬鹿!」母は暴力を振るいながらわめき散らした。「恥かかせてどういうつもり! PTAでも近所でも知れ渡っちゃうでしょ。あんたなんかに飯食わせる身にもなってみな!」

まるで予想もしていないできごとだった。痛みより恐怖のほうがはるかに大きかった。救いを求めるためか、それとも母に制止を呼びかけたかったのか、伊桜里は叫びを発していた。のちにそれが悲鳴というものだと自覚した。

中学三年に至るまでの九年間、母が唐突に暴力を振るい始める日常を、伊桜里は受けいれざるをえなかった。

父がいれば咎めてくれることもあった。しかし母は父にも食ってかかり、ふたりで喧嘩《けんか》を始めるのが常だった。嫌気がさした父がでていくたび、置いていかないでと伊桜里は叫びたかった。いつも母はいっそう激昂《げっこう》し、全力で伊桜里に当たり散らした。

アパートの一室での罵声《ばせい》は、近所に丸聞こえだった。制服の警察官が現れたとき、これで救われたと、伊桜里は内心ほっと胸を撫《な》で下ろした。しかし警察官の前で母は、冗談めかした口調で巧みに取り繕い、さっさと追いかえしてしまった。ドアを閉じた母の背中を見たとき、伊桜里は恐怖のあまり泣きだした。それでもすぐに虐待が始まらなかったのは、たぶんパトカーが去るまでの時間を考慮してのことだろう。数分ののち、伊桜里はすりこぎ棒で滅多打ちにされ、言葉でも徹底的になじられた。

激痛に耐えつつ床にうずくまり、ただ謝罪の言葉を口にする。伊桜里にはそれしかできなかった。「ごめんなさい。お母さん、ごめんなさい」

母による折檻《せっかん》は、クラスメイトから教師まで知っているらしい。けれどもみな助けるどころか、同情さえ向けてくれなかった。優莉匡太の子なら仕方がない、誰もがそう感じているようだった。実父の犯した重大犯罪や、子供たちの異常極まる境遇など、生い立ちの意味を伊桜里は少しずつ理解していった。

伊桜里は学校でもいじめられた。中学生になってからは、女子のいじめっ子グループから、当然のごとく標的にされていた。十一歳まで雑誌の読モだったという、屋我《やが》波琉江《はるえ》という巻き髪の女がリーダー格だった。波琉江を中心にした数人の女子たちは、ルックスと社交性に恵まれていたこともあり、よくもてた。スクールカースト上位に分類される女子の集まりだった。伊桜里は波琉江たちの荷物を運ばされては小突かれていた。

いじめっ子たちがクラスの人気者になるはずがない、訳知り顔でそう吹聴したがる大人をテレビで見かける。なにもわかっていないと伊桜里は感じた。いじめの当事者も取り巻きも、それがいじめだとは認識せず、ただ仲間内で遊んでいるだけの悪ふざけとしか思っていない。そんな自覚を頑《かたく》ななまでに崩さないからこそ、けっして罪悪感など抱かない。優莉匡太の子という絶対悪に対しては、どんな理不尽も正当化されるらしい。教師も助けないばかりか、一緒になって伊桜里を茶化し嘲笑《ちょうしょう》し、傷つけることに余念がない。

なにもかも笑って受け流すしかなかった。これは遊びだ、構ってもらえているだけ嬉《うれ》しい、そう思うほかない。本当は毎日いじめられながら、誰にも救いを求められないのだが、その事実を認めるのはあまりに辛《つら》すぎる。伊桜里が笑うことは、加害者に罪の意識を喪失させるようだ。彼女たちにとっては、クラスメイトどうしの悪ふざけという自己認識の、なによりの担保となるらしい。よっていじめがいっそうエスカレートしていく。

男子生徒たちも伊桜里に対しては、女子一般への配慮が必要なしとの解釈のようだった。不良グループは廊下ですれちがいざま、平気で伊桜里の胸や尻《しり》を触ってきたり、スカートをめくったりする。

「やべえ、触っちまった」「優莉家の黴菌《ばいきん》がうつる」そう叫ぶことが痴漢行為を正当化すると思っている、そんなふしがある。足をひっかけられて転ばされるのはいつものことだ。その種の悪戯《いたずら》は男女どちらも仕掛けてくる。ただし男子の場合は、つんのめった伊桜里のスカートをめくり、臀部《でんぶ》を露出させては笑い転げる。教師は通りかかっても素通りする。担任が角を折れてくる寸前に足をとめ、あわてぎみに引きかえすのも、伊桜里は何度となく目にした。

波琉江の一派からは、変な髪形にされるか、妙なメイクを施されるかして、笑いの種にされるのが定番だった。休み時間が終わるぎりぎりまで解放されないため、酷《ひど》い見てくれのまま授業への出席を余儀なくされる。クラスじゅうがニヤニヤしながら眺めるなか、それでもどの教師もなにもいわない。

最悪なことにこの学校にはクラス替えがなかった。三年間は波琉江たちから離れられない。伊桜里は目の前が真っ暗になった。

中二になった春、家庭のほうに変化があった。父母はあらためて里親になるべく、新しい子供を施設から引き取ってきた。小二で八歳、丸々と太った冠滋《かんじ》という男の子、苗字《みょうじ》は熊江《くまえ》。渚でなく元の苗字のままだった。今度こそ養子縁組ではなく里親に留めたらしい。しかも父母にとって念願の専門里親だった。冠滋はあろうことか、七歳にして強制わいせつ罪にあたる行為に及び、児童相談所の手を焼かせていた。

同居直後から伊桜里は被害者にならざるをえなかった。風呂《ふろ》をのぞかれるのは当たり前、盗撮もされるうえ、留守中に箪笥《たんす》を開けられ、下着を含む衣類をぶちまけられた。学校から帰って惨状を知り、片付けに追われていると、母親がパートから戻ってきた。

母の怒鳴り声が耳に届いた。「皿洗いやってないじゃないのよ！」

伊桜里は台所へ駆けていき、しきりに謝りながら作業を始めた。「ごめんなさい、ごめんなさい」

しばらく母は伊桜里の手もとを見ていたが、やがて蛇口に手を伸ばすと、指先で水流を絞り、伊桜里の顔めがけ勢いよく水を噴射させた。伊桜里はずぶ濡《ぬ》れになりながらも、身を引くことができなかった。そんなことをすれば逃げるなと叱られる。バケツの水を浴びたような伊桜里のありさまを見て、冠滋がげたげたと笑い転げた。

母の尖《とが》った目が冠滋に向いた。冠滋は表情を凍りつかせた。半開きの襖《ふすま》の向こう、箪笥の周りの荒れ果てたようすを母がとらえた。

憎しみ以外になにも感じさせない母の声が響いた。「誰がやった」

恐れをなした冠滋の口にした答えは、伊桜里の予想どおり最悪だった。冠滋はささやいた。「姉ちゃんが……」

伊桜里は髪をわしづかみにされ、床に引き倒された。折檻用に置いてある細い竹の棒でしばかれた。母の蹴りにかぎっていえば、肉体的にたいして痛くない。それでも心には途方もなく痛かった。いつも胸の内が削られていく気がした。

父の声がきこえた。「ただいま」

助かるかもしれない、伊桜里はそう思った。確率は五分五分だった。父が台所に入ってきた。しかし伊桜里には一瞥《いちべつ》をくれたのみで、父は濡れた床を避け、冷蔵庫に向かった。缶ビールを取りだし、父はさっさと引き揚げていった。きょうは悪いほうの結果だった。いいほうの結果だったとしても、母の怒りの矛先が父に向き、折檻が数分間先送りになるだけでしかないのだが。

母の振り下ろす竹の棒が絶えず唸《うな》った。「謝らないか！　この馬鹿。謝れってんだよ！」

「ごめんなさい」伊桜里は床の水たまりに土下座し、両手で頭をかばいながら泣きじゃくった。「ごめんなさい。もうしません。ごめんなさい」

稀《まれ》に呼び鈴が鳴ることがある。隣の部屋の住人が戸口に立ち、母と世間話をしたあと、やんわりと切りだすのが常だった。「そのへんにしといてあげたら。可哀想だよ」

「いいの」母はいつも鼻息荒く応じる。「これは教育なんだから。うちの方針。うちの子。ほっといてくださいな」

かつて母が路上で、アパートの管理人と立ち話するのをきいた。母は誇るようにいった。「親は怖いって思わせとくのがコツでしょ。おかげでうちは反抗期なんて来やしない」

ヤフー知恵袋で検索したところ、似たような質問が見つかった。回答には、逃げりゃいいのになにしてんの、そんなふうに書いてあった。逃げるといってもどこへ行けばいい。その先になにがあるというのだろう。家はここで父母がいる。自分は無力な子供でしかない。母に嫌われたら生きていけない。

頭から離れない記憶がある。児童福祉施設で初めて会った母が、やさしい微笑とともに職員にうったえた。「こんなに可愛い子をほうっておけなくて、ぜひうちで育ててあげたいと思いまして」

あの笑顔が忘れられない。あれが本心にちがいない。いずれ純粋な心を向けてくれるようになる。きっと甘えられるときがくる。伊桜里はそう信じていた。母もときどきは、暴力に後ろめたさを感じたのか、理由を説明してくるからだ。

「なにもかも、あんたを思ってのことだからね」と母はいう。「あんたが憎かったら、そもそも相手になんかしないから。これから大人になっていかなきゃいけないでしょ。あんたの将来を考えてやってるんだよ」

伊桜里は母の愛情を信じることにした。母がすなおになれないのは、自分のせいだと思った。いい子になれば、母も施設で見せたような笑顔に戻れるのに、その域に達していない。だから責められたときにはすなおに謝る。自分に非がなくても、冠滋のせいだとわかっていても、伊桜里は心から詫《わ》びた。ぶたれた直後であっても、母が冗談をいえばすぐに笑い、片付けを命じられたら従った。伊桜里は全身で母に媚《こ》び、取りいることをおぼえた。母の本心に近づくにはそれしかない。やさしさをしめされるまであと少し、いつもそう信じていた。

学校でも同じだった。日々繰りかえされる嫌がらせが、いじめ被害だと疑うのをやめた。波琉江たちは伊桜里とコミュニケーションをとってくれている。多少手荒な悪ふざけは、距離を縮め親密になるためだ、そう信じきった。事実として波琉江が教師にそう説明するのをきいた。クラスでいちばんの人気者が、孤立しがちな優莉匡太の子を構ってくれている。それはどんなに有り難いことだろう。乱暴ないじりは、けっしていじめではない。仲間とみなされている。

家に帰れば両親や弟がいる。学校に行けば友達がいる。優莉匡太の子供に生まれたのに、いまはなんて恵まれているのだろう。なんて幸せなのだろう。なのになぜ涙がとまらない。どうして死にたくなるのだろう。

2

鷹羽芳樹《たかのはよしき》は二十代のうちに、交番勤務から警視庁の刑事部へと早々に引き抜かれた。幸い成績優秀とみなされたらしい。異例の出世だともてはやされた。しかもほどなく公安部に異動になった。

本来なら経験が重視される公安部に招かれたのは、おそらく人手不足が理由だろうと鷹羽は思った。公安第一課が極左暴力集団専門、第二課は労働紛争議と革マル派対策、第三課が右翼団体専門。鷹羽が加わったのは第五課、カルト集団や武装半グレ組織の捜査を受け持つ部署になる。優莉匡太元死刑囚の子供たちを監視するにあたり、若く行動力のある刑事が複数必要とされたようだ。

独身でまだ青年とみなされる鷹羽は、中年男が年端もいかない子供を尾《つ》けまわすよりは、めだたず不審がられない。たしかにこの仕事にうってつけかもしれなかった。表向き六女と報じられる中学二年生。実際の六女は、杠葉《ゆずりは》瑠那《るな》なる中学三年生だが、公安は諸事情からその事実を伏せている。

優莉匡太の子供たちがけっして交わらず、またかつての半グレ同盟の残党らに利用されることがないよう、片時も目を離さない。それが鷹羽らの務めになる。監視対象への接触は許されない。存在を察知されてもいけない。たとえ監視対象が刑事事件に巻きこまれようとも、公安は手だししてはならない規則だ。

だが鷹羽は伊桜里を見張るうち、落ち着かない気分にならざるをえなかった。伊桜里は施設から里親に引き取られ、養子縁組を結び、問題なく過ごしている。前任者からの報告書にはそうあった。実態はちがう。アパートから毎晩のようにきこえる悲鳴、母親の怒声。あの家庭にあるのは虐待ではないのか。

朝靄《あさもや》のなか、鷹羽は覆面パトカーを生活道路の路肩に寄せ、いつものように二階建てアパートを監視していた。ドアが開き、ブレザーにチェックのスカートの制服姿が、ゆっくりと外階段を下りてくる。

伊桜里は優莉匡太のほかの子供たちと明確に異なる。次女の結衣《ゆい》や四女の凜香《りんか》のようなアスリートタイプではない。体育の成績も五段階評価で二に留《とど》まっていた。運動自体もあまり得意ではなさそうだ。なにより伊桜里は見るからに栄養失調ぎみだった。母親がまともな食事をあたえていないとわかる。

腕や脚が長く、痩身《そうしん》にしてプロポーションのよさが見てとれるあたりは、兄弟姉妹の共通項かもしれない。肩にかかる長さの黒髪と、色白というより青みがかった小顔がある。ただし大きすぎる瞳《ひとみ》は、ひどく痩《や》せこけているせいで、相対的にそう見えるのではないか。鼻筋はすっきり通っている一方、唇にも血の気がない。不健康そうな印象を除いても、結衣のような美少女とは異なり、なんとなく陰鬱《いんうつ》な面持ちに感じられる。可愛くないかといえばそうではない。没個性的でありながら、むしろひと目で記憶に残る、ふしぎな魅力に満ちていた。あまりにひ弱そうで見守らざるをえなくなる、生まれたての雛《ひな》のような命の希薄さを漂わせる。

なによりも気になるのは顔の真んなかに、無残な痣《あざ》ができていることだ。スカートの裾《すそ》の下、両膝《りょうひざ》にも擦り傷がのぞく。鷹羽が監視を始めて以降、伊桜里の負傷はどんどん増えていく。帰宅時よりも翌朝の登校時のほうが怪我が多くなっている。

アパートの敷地から路地へでる際に段差がある。伊桜里はいつも疲弊しきった顔で、ぼうっとしながら外にでてくる。けさも注意力が散漫に見受けられた。虚空を眺めるまなざしが危なっかしい。鷹羽がそう思ったとき、伊桜里は段差に蹴躓《けつまず》き、路上につんのめり転んでしまった。カバンのなかの教科書やノート、筆記具が辺りに散乱した。

運転席わきのドアに手をかけてから、公安の刑事は非干渉が原則、その厳命を思いだした。それでも静止したのはほんの一瞬だった。鷹羽はドアを開け放ち、車外に降り立った。伊桜里は四つん這《ば》いでカバンの中身を掻《か》き集めていた。

鷹羽は歩み寄るとノートを拾った。開いた表紙のなか、びっしりと丁寧な字で書きこみがあった。学習に熱心なのはたしかだ。成績が低いのは体育だけで、主要教科は五か四ばかりだとわかっている。

伊桜里は驚きの目で鷹羽を仰ぎ見た。ノートを受けとろうともせず、ただその場にひれ伏した。「ごめんなさい。ごめんなさい」

困惑をおぼえざるをえない。鷹羽は茫然《ぼうぜん》とたたずんだが、伊桜里は頭を上げようとしなかった。仕方なくしゃがみこみ、筆記具を拾い集め、カンペンケースにおさめた。ノートとともにカバンに滑りこませる。

すると伊桜里はいっそう申しわけなく思ったのか、謝罪の言葉をぶつぶつと口にしながら、教科書類を手早く重ねていった。ふだんはおっとりしているが、母親から片付けを命じられることが多いからだろう、いまの動作は案外すばやかった。ほどなくカバンにすべての持ち物が収納された。

立ちあがりかけた伊桜里に、鷹羽は手を差し伸べた。伊桜里は戸惑いをしめすと、軽く頭をさげ、手をとらず身体を起こした。鷹羽と向き合った伊桜里が、もういちど深々とおじぎをした。「ありがとうございます」

鷹羽は自分の行動を呪った。たいした理由もなく監視対象に接触してしまった。だが衝動的な反応には理由がある、そんな気もした。たぶんこの少女と言葉を交わしたかったのだろう。

「だいじょうぶ？」鷹羽はきいた。「なんだか怪我が多いみたいだけど」

しばし沈黙があった。伊桜里は視線を落とし、ささやくようにいった。「ごめんなさい」

なぜ謝るのかと問いかけたくなる。答えはわかりきっていた。身の周りに生じるトラブルのすべてを、自分のせいだと思いこんでいる。そのように刷りこまれた結果だ。鷹羽はもう一歩踏みこむことにした。「お母さんになにかされてるなら……」

「……母はよくしてくれています。実の娘でないわたしに、とてもやさしくて」伊桜里は小声でそう告げると、無表情に黙りこんだ。アパートのほうを気にする素振りをしめす。いまにも窓から母親が顔をのぞかせるのでは、そう恐れているかのようだ。あわてぎみに伊桜里は一礼した。最後のひとこともまた謝罪だった。「ごめんなさい」

伊桜里はびくつくように、何度も繰りかえし頭を下げつつ、その場から立ち去った。視線が常にアパートのほうに向きがちなのが、鷹羽はどうしても気になった。

路上に一枚の紙が舞っていた。ノートの切れ端だった。カバンの中身を回収しきれていなかったらしい。鷹羽はそれを拾いあげた。伊桜里の手による落書きのようだ。落書きといってもやけに上手な鉛筆画だった。ダリを彷彿《ほうふつ》させる、シュールレアリスム・タッチの絵で、片目だけの瞳が宙に浮いている。大粒の涙を滴らせていた。漫画のような吹きだしに台詞《せりふ》が書いてあった。瞳は〝お腹がすいたよー〟とこぼしている。

精神的にずいぶん病んでいる、その証《あかし》に思えた。伊桜里にかえすべきだろうか。しばし熟考したのち、鷹羽は紙をポケットにおさめた。

公安による監視といっても、家や学校に盗聴器を仕掛けるほどの、超法規的な裏工作ではない。そんな命令が下るのはよほどの事態だけだ。したがって校内でのできごとを、詳細に把握できているわけではない。公安の刑事が用いる方法として、鷹羽は教師の数人に探りをいれた。教育委員会の関係者を装い、問題の有無をたずねる。

ていた。

教師らの話では、伊桜里はクラスに溶けこんでいて、ごくふつうの学校生活を送れているとのことだった。前任者の報告書の内容と一致している。たぶん教師たちの主張をそのまま書いたのだろう。伊桜里の監視要員は交代制で、いまも鷹羽のほかに二名いるが、彼らも報告書に同じようなことを記載している。

鷹羽の上司は、三十代後半の西峰徹《にしみねとおる》という叩《たた》きあげで、いまは優莉結衣を監視中だった。部署内の会議室で顔を合わせたとき、鷹羽は西峰に報告した。「監視対象の伊桜里が、虐待といじめを受けている可能性が濃厚です。ほかの監視要員は取るに足らないこととみなしているようですが」

西峰がじれったそうにたずねかえした。「優莉匡太半グレ同盟の残党とみられる勢力、もしくは兄弟姉妹が伊桜里に接触したか？」

「いえ。それは確認できていません……」

「報告書にはその旨だけ記載しろ。監視対象の身の上話に興味はない」

伊桜里の母親には傷害罪が疑われる。だがその罪を追及するのは刑事警察であって、公安警察ではない。通報は監視対象の周辺状況に著しく影響するため、公安としては差し控えねばならない。

上司の返答に予想はついていた。それでも問題を持ちだしたのは、監視に関する特別な許可を得るためだった。鷹羽は要請した。「盗聴をおこないたいのですが」

「理由は？」

「監視対象の外傷が日を追うごとに増えているのは事実です。暴力沙汰《ざた》が半グレ同盟や兄弟姉妹と無関係であることをはっきりさせるためにも、生活の詳細を知る必要があります」

西峰は見透かしたようにつぶやいた。「どうだかな」

とはいえ外傷の原因は解明すべきだった。鷹羽の申し立てには一理あるはずだ。検討してみると西峰は渋々応じた。ただし返事はずいぶん先送りにされた。

そうこうするうち季節がめぐり、夏の終わりに差しかかったころ、予期せぬ激変が社会全体を襲った。

世間はしばしば突拍子もないできごとに見舞われる。国家的危機はけっして絵空事ではない。大震災もあればコロナ禍もあった。諸外国では軍事侵攻も起きている。日本だけが例外でありつづける保証はどこにもない。

シビック政変は国民を恐怖のどん底に叩き落とした。武蔵小杉《むさしこすぎ》高校事変の数十倍の規模の武力攻撃が、全国各地で同時多発する、まさに悪夢のような大惨事だった。

公安の組織構成と命令系統も急激に変化した。優莉の兄弟姉妹の監視要員は、いったんその任を解かれ、警視庁に呼び戻された。新政権を担うのは、なんとくだんの血筋の長兄、優莉架禱斗《かいと》だときかされた。架禱斗の独裁の下、公安は反逆者を取り締まる国家警察の一部署と化した。

むろん公安すべてが命令にしたがったわけではない。鷹羽が身を置くセクションにおいては、管理職らが暫定政府からの指示を保留にし、沈黙をきめこんだ。判断を先延ばしにする側面もあったらしい。だがなんにせよ架禱斗の天下は長くつづかなかった。わずか数日後、シビック政権は崩壊した。

なおも混乱が尾を引くなか、治安の回復が急がれた。優莉架禱斗の弟や妹たちの動向は無視できなくなった。いまや公安にとって優莉家の監視は最重要課題だった。以前の鷹羽による申請とは無関係に、監視要員全員に盗聴装置が配られた。しかもただの盗聴器ではない。最新式の電子光学センサーを内蔵した特殊双眼鏡だった。

監視対象の生活範囲にマイクを仕掛ける必要はない。遠くから窓のなかに見える電球に、双眼鏡のピントを合わせればいい。室内の会話により生じた音声が、電球のガラス部分をごく微妙に振動させ、光の強弱にほんのわずかな変化が表われる。これをセンサーがとらえ音声に変換するという優れものだ。

鷹羽は盗聴用双眼鏡により家庭内の実情を探った。伊桜里への風当たりはさらに激しく、いっそう悲惨な状況になっていた。

電球の振動から読みとれる母親の怒号はすさまじかった。物を次々と投げつける騒音とともに、渚珠代のわめき声がスピーカーから鳴り響いた。「糞《くそ》架禱斗の糞妹！あんたのせいでどこへ行っても差別されるじゃないの！　病院の診察でも際限なく後まわしにされるのよ。どうしてくれるの！」

伊桜里の嗚咽《おえつ》がきこえる。震える声で伊桜里はひたすら謝りつづけた。「ごめんなさい。ごめんなさい……」

学校でもクラスメイトの屋我波琉江と取り巻きが、率先して伊桜里を迫害していた。ことあるごとに伊桜里の机を倒す。ロッカーの中身をぶちまける。ホースで伊桜里の全身に水を浴びせる。恐ろしいことにほかの生徒たちは、傍観どころか一緒に暴行に加わりだすのが常だった。騒動は休み時間ごとに発生し、授業が始まるまで継続する。

伊桜里は担任の女性教師、四十代の碑賀《ひが》紫耀子《しようこ》に呼びだされた。紫耀子の声が淡々と問いかけた。「悪いんだけど、渚さん、学校を辞める意思はある？　あんたがいると風紀が乱れるばかりなの。先生も正直、怖いのよ。優莉架禱斗の妹が在学してるなんて」

シビック政変があらゆる理性を崩壊させていた。放課後に伊桜里が運動部の部室に連れこまれ、殴る蹴《け》るの暴行を受けるさまは、とても聴くに堪えなかった。ふらつきながら学校をあとにする、ぼろぼろの伊桜里の後ろ姿を、鷹羽はただ尾行するしかなかった。彼女が家に帰ったのち、また地獄のような一夜がまつのだろう。

日没後、アパート前に停めたクルマのなかで、鷹羽は上司の西峰に電話した。西峰は結衣の監視を続行している。

大学に進学した結衣は常時、十人前後の監視要員に見張られていた。きょうだい喧《けん》嘩《か》の末、結衣が架禱斗を殺害したという噂があるものの、矢《や》幡《はた》前総理の強権により捜査に事実上のストップがかけられた。ところが前総理は先ごろ、謎の失踪《しっそう》を遂げたため、結衣に関する真相は判然としないまま現在に至る。

呼びだし音が数回鳴ったのち、西峰の声が応答した。「なんだ」

「鷹羽です。いまよろしいですか」

「結衣の住むマンションの向かいの部屋から監視中だ。手短に頼む」

「伊桜里の件ですが……」

「伊桜里？　なにかあったのか」

「家庭と学校での迫害が尋常ではありません。命の危険すら考えられるかと」

ため息がノイズになり鷹羽の耳に届いた。西峰の声が物憂げにいった。「それについては話したはずだ。伊桜里がどんな目に遭おうと、それが公安の警戒する範疇《はんちゅう》でなければ手だし無用だ」

鷹羽の手もとには、去年拾った紙があった。瞳《ひとみ》が大粒の涙を滴らせ、〝お腹がすいたよー〟と喋《しゃべ》っている。

やはりこんな気分には耐えかねる。鷹羽は語気を強めた。「このままじゃ伊桜里は押し潰《つぶ》されます」

「父親の仲間と目される勢力との接触なし。兄弟姉妹もしくは長兄架禱斗の仲間とのつながりも認められず。ほかの監視要員からの報告にはそうあるが?」

「同意見です。しかし……」

「もうよせ!」西峰が一喝した。「伊桜里の父親は仕事もしない飲んだくれで、母親は凶暴きわまりない。里親資格もないのに実情を偽り、新たに冠滋を引き取った。担任の碑賀紫耀子教諭は、伊桜里を放校すべしと、四度も校長にうったえている。それらの事実が明白であっても、公安はなんら関知しない」

「伊桜里を放っておけばこの先どうなるかわかりません」

「鷹羽。監視要員から外す。本庁に戻れ」

「西峰さん……」

「これは命令だぞ！　シビックによる政権転覆を許したのは、公安のふがいなさの表われとのそしりもある。いまは汚名返上に全力を注がねばならない。個の情に流されている場合ではない。わかるか。理解できないのなら公安には不要だ。刑事部にも交番にも戻る席はない。ただちに辞職しろ！」

絶句せざるをえない。だがこれが警察という組織だった。公安はさらに不条理といえる。承知のうえでその一員に加わった。

火を見るよりあきらかなことがある。警察官でなければ、正しいおこないにも実効性を持てない。世をよくしていこうと思えばこそ、この職権は放棄できない。

鷹羽はつぶやいた。「辞職はできません。監視を継続します」

沈黙がかえってきた。それっきり西峰はなにもいわず、電話の切れる音だけが響いた。

ダッシュボードに置いた盗聴用双眼鏡、電子光学センサーの反応をしめすLEDの点滅が見てとれる。アパートの窓明かりに目が移る。スピーカーをオンにせずともわかる。母親の怒鳴り声だろう。しかしいまはなにもできない。

涙を滴らせる瞳の絵を、鷹羽はそっと握り潰した。公安の刑事でなくなるのを恐れる、そんな自分はきっと正義漢ではないのだろう。やむをえないことだと鷹羽は思った。シビック政変では大勢が死んだ。あんな惨劇は二度と起こせない。

これで伊桜里は本当に孤立無援になってしまう。見捨てるも同然だ。仕方がない、ほかに方法がない。鷹羽はみずからの心にそういいきかせた。国家に仕えるからには大義が勝る。たとえ目の前の小さな苦悩を無視しようとも。

3

伊桜里は死ぬことにした。

以前から自殺という選択肢なら、さかんに脳裏をよぎった。兄のうちひとり、三男の健斗《けんと》は伊桜里が中一のころ、みずから命を絶った。まだ十四歳だった。兄弟姉妹が離ればなれで暮らすなか、健斗の記憶もおぼろげだが、誰か大人が知らせに来た。その大人に対し、伊桜里はひそかに救いを求めたものの、家から連れだしてはくれなかった。

健斗の死は、ある意味で閃《ひらめ》き、もしくは神の啓示に思えた。そう、自殺があった。この辛《つら》いばかりの人生から逃れられるすべが見つかった。それは胸のときめきすらおぼえる、いわば一種の悟り、開眼だった。いよいよ耐えられないとなれば自殺すればいい。

ところがその決心は、どうせ死ぬならもう少し耐えてみようという、不要な勇気につながってしまう。母や教師から体罰を受け、クラスメイトからいじめられるうち、自殺の方法だけは頭を駆けめぐる。首吊《くびつ》り、飛び下り。電車への飛びこみ。けれどもひとたび苦痛から解放されると、容易に踏みだせなくなる。いつでも死ねる、ならいまでなくてもいい、そんな思いがやる気を減退させる。

やがて伊桜里は、その感情が勇気ではなく、ただの怯《おび》えだと気づきだした。台所の包丁をなぜ手にとらないのだろう。まずそうしてみるべきなのに、流しに歩み寄ることさえない。伊桜里は怖《お》じ気づいていた。死ぬのは怖い。なにもかも消えてしまって、誰とも会えなくなり、真っ暗な空間を永遠に漂うのだろうか。いや、それすらも感じない、まったく無の世界がまつのかもしれない。目に映るものも、肌に触れる感覚も、すべて失われてしまう。想像するだけでも怖くてたまらない。

ところが気温が低めのある夜、母は竹の棒で伊桜里をしばき倒したのち、捨て台詞《ぜりふ》のようなつぶやきを吐いた。「死ねよおまえなんか」

それまでの、死ねとか死んじまえという絶叫とはちがった。怨嗟《えんさ》としか思えない、低く唸《うな》るような声の響き。母の本心に触れたと感じた。一緒にいた父はいつもどおり、卓袱台《ちゃぶだい》でビールを飲んでいる。冠滋は手にした任天堂スイッチライトでゲームに興じていた。

激痛に全身が麻痺《まひ》した状態で、最後のひと押しを受けた、そんな気分だった。迷いは吹っきれたと感じた。

夜七時すぎ、母はいつものように、伊桜里に使い走りを命じてきた。調味料やタバコ、ビールを買いに行かねばならない。店が未成年者に売ってくれなくても、なんとかしなければならない。千五百円を渡された。伊桜里はひとりその足でJRの駅へ向かった。この時間になっても学校の制服姿のままだった。外出する用事があるときは、下校後も私服に着替えるのを許されない。

切符売り場の運賃表で、うんと遠くの駅名に視線を振る。千百七十円の相模湖《さがみこ》駅という場所が目に入った。お使い用の金をほぼ使いきってしまうことで退路を断つ。見知らぬ場所をめざすのもそのためだ。もう帰りの切符は買えない。

京浜東北《けいひんとうほく》線で神田《かんだ》駅へ行き、中央《ちゅうおう》線に乗り換えた。混み合う電車に揺られること一時間、死地への旅行には、虚《むな》しさと同時に胸が躍った。豊田《とよだ》という駅を越えたあたりから車内が空《す》きだした。八王子《はちおうじ》から先はがらがらになった。

この辺りまで来ると、電車は暗闇のなかを爆走する。ひと駅の区間がとんでもなく長い。伊桜里は不安にとらわれだした。家からどんどん離れていく。もうけっして引きかえせない。

高尾《たかお》を過ぎ、さらに電車が全力疾走したのち、相模湖駅に着いた。静寂のホームをひんやりとした空気が包んでいた。降車する乗客はまばらだった。店舗のシャッターも軒並み下りている。看板の大半に明かりは灯《とも》っていない。

街灯もほとんどないロータリーで、停まっていたバスに乗った。まったく予期しないでたらめな移動に身を委《ゆだ》ねる。残金が許すかぎり、ただどこかへ行けばいい。車内には伊桜里のほか、数人の乗客しかいない。顔は見なかった。誰かと目が合えば、家に連れ戻されてしまうかもしれない、そんな事態に対する恐れのほうが、孤独感よりはるかに優勢だった。

気づけばダム湖の上を走る車道沿いの歩道に、伊桜里はひとり立っていた。周りは黒々とした山ばかりが囲む。脆《もろ》い光にうっすら照らされた眼下を眺める。深い谷底へと、コンクリートの急斜面がつづき、はるか彼方《かなた》に真っ暗な湖面がひろがる。

伊桜里は平均台に上るように、すんなりと手すりの上に立った。膝《ひざ》が震えたものの、いままでのようなためらいは生じなかった。もう帰れない一本道をたどってきた。この谷底だけしか赴ける場所もない。

辺りは暗く、ほとんどなにも見えないが、わずかな光も涙にぼやけて仕方なかった。いまになって悲しみがこみあげてくる。誰からも望まれなかった。母から死ねといわれた。みな伊桜里を忌み嫌っている。兄の架禱斗は人々に迷惑をかけ、大勢の命を奪った。妹がのうのうと生き延びるわけにいかないのも、きっと自明の理なのだろう。思いがそこに及び、いまやなにも感じなくなった。谷底の闇の奥になにがまっていようと、これまでよりはずっとましと信じられる。たぶん生まれてくるべきではなかった。息をするだけでも人に迷惑がかかる。

前傾姿勢からさらに身を乗りだした。足は自然に手すりを離れた。身体が前のめりに落下し始めた。

一瞬は恐怖に包まれた。風圧も轟音《ごうおん》もすさまじい。手で宙を掻《か》きむしっても、もうどうにもならない。ほどなくあきらめの境地に達した。闇はなにひとつ見通せない。吸いこまれるように谷底へ落ちていく。息ができない。頭がぼうっとしてきた。

いつ湖面に衝突するのか、痛みを感じるのか、それより早く死ねるのか。考えてもしようがない。怯えの心理さえ湧かなくなった。死ねる。もう死ねる。

そう思ったとき、まったくありえないことに、別の人影が降ってきた。

両腕を翼のように広げ、胴体を水平にしつつ急速接近するさまは、まるで巨大な鳥のようだ。暗がりのなかで顔かたちはさだかではない。けれども長い髪が強風になびいている。死神にも女性がいるのだろうか。伊桜里を迎えにきたのかもしれない。

空中でいきなり衝突するも同然に抱きつかれた。ぶつかった痛みだけではない、なんともいえないふしぎな感覚が全身を襲う。落下が急激に失速し、ほどなく静止に至り、やがて跳ねあがった。現実にはありえない。

こんなふうに死に迎えられるとは想像もしていなかった。貴重な体験にちがいない。そんなに悪くもない。抱き締める死神の感触はなぜか柔らかく、温かく、やさしかった。ゆりかごのように緩やかに揺らしながら、ゆっくりと天に導いてくれる。

天に昇っていく。遠ざかる谷底の光景とともに意識も薄らいでいった。生まれる前に戻れる。伊桜里のなかには安らぎだけがあった。

4

ぼんやりと目が開いた。

和室の竿縁《さおぶち》天井が見える。丸い蛍光灯が光を放っている。長い紐《ひも》付きの照明器具が吊り下がる。伊桜里は敷き布団と掛け布団のあいだに横たわっていた。かなり広い畳の間だとわかる。日本人は死後の世界も純和風なのだろうか。

枕もとにはひとりの女性が、足を崩して座っている。女性といってもまだ若い。せいぜい十代後半ぐらいか。長い髪に色白の小顔、猫のように大きな瞳《ひとみ》、つんとすましたような高い鼻。綺麗《きれい》に整った顔だちは、冷やかではあるものの、どこか親近感をおぼえる。というよりこの女性とは会ったことがある。

女性は黒っぽい膝丈のワンピース姿だった。伊桜里をじっと見つめ、静かな口調で語りかけてくる。「どこか痛む？」

思わず息を呑《の》んだ。この人は知っている。ずっと昔のことだ。ふたしかな記憶のうえ、当時とは年齢もなにもかもちがう。それでも名が口を衝《つ》いてでた。「結衣お姉ちゃん」

微笑みにまでは至らないものの、結衣は表情をわずかに弛緩《しかん》させた。大きな瞳がいちど瞬《まばた》きする。落ち着き払った声で結衣がいった。「まだ寝てて」

最初にこみあげてきた感情は悲哀だった。幻ではない。目に映る電灯の明かり、布団の柔らかい感触、外からきこえる虫の音。すべては現実だ。そう認識したとたん胸が詰まった。まだ生きている。なにがどうなったかわからないが、この世に引き留められてしまった。そのことに気づくや涙が滲《にじ》んだ。視野がぼやけ波打ちだした。

結衣は多少なりとも慌てる態度をしめした。伊桜里を落ち着かせようとしたのか、左手を伸ばしてきて、頭をそっと撫《な》でた。けれども触られること自体に慣れていない伊桜里は、びくっと反応してしまった。そんな伊桜里に結衣が困惑のいろを浮かべた。

伊桜里は震える声を漏らした。「ごめんなさい……」

すると結衣が静かにささやいた。「謝らなくても」

むかしとはちがうと伊桜里は思った。幼心にも怖いと感じた、姉の鋭さに満ちたまなざしは、ずいぶん穏やかになっている。あのころ兄や姉はみな恐ろしい目をしていた。獣の巣窟《そうくつ》そのものだった。いまの結衣はまるで別人に見えてきた。

女性のやや訛《なま》った声が、失礼しますと告げた。襖《ふすま》が厳かに開く。和装の若い女性が廊下に正座し、礼儀正しく頭を下げる。湯気の立つ器を載せた盆を手に、ゆっくり優雅に立ちあがると、部屋のなかに入ってきた。

旅館の仲居さんという存在は、伊桜里もテレビを通じ知っていた。実際に目にするのは初めてだが、顔だちからすると日本人ではないようだ。東南アジア系だろうか。けれども作法は日本人以上にきちんとしている。近くでまた正座すると、三つ指を突いておじぎをした。

盆に載った器には粥《かゆ》が入っているようだ。結衣が伊桜里の掛け布団を下にずらした。

「起きれそう？」結衣がたずねた。

とても無理、伊桜里はそう思った。両腕が痺《しび》れて動かない。そのことに気づくや、またも不安がこみあげてきた。自分の身体に目を向ける。制服を着ていたはずなのに、ゆったりとした浴衣《ゆかた》姿に変わっていた。

結衣は掛け布団を元に戻した。「心配しないで。食べさせてあげるから」

仲居が一礼し下がっていった。結衣はレンゲで粥をすくい、軽く息を吹きかけたのち、そっと伊桜里の口に運んできた。

拒むという意思は伊桜里のなかに生じようがなかった。なにを求められようとも従う習慣ができていた。伊桜里は口を開けた。温かい粥が舌の上に載せられた。溶けていくような柔らかい食感だった。嚙《か》む必要はほとんどない。なにより身体の隅々にまで染み渡るような、やさしい味わいと温もりがある。こんなに美味《おい》しい粥は食べたことがない。

また自然に涙が浮かんだ。気づけばみずから口を開けていた。それが姉に対し失礼にあたるのではと心配になってくる。けれども結衣はさっきと同じように、レンゲにすくった粥を、伊桜里の口もとに差しだしてきた。

食欲が生じること自体が驚きだった。どれだけ空腹だったか、いまになってようやく自覚できる。伊桜里は粥を何口も食べつづけた。結衣の手にするレンゲが、器の底をこそげとる音がした。とうとう平らげてしまったらしい。

最後のひと口を食べると、結衣が手ぬぐいで、伊桜里の唇を軽く拭《ふ》いた。気遣いに満ちた大きな瞳が間近から見つめてくる。伊桜里は顔が火照《ほて》る気がした。

結衣は湯呑みを手にとった。「お茶を飲んで」

はいと返事をしない自分に驚く。家ではそんな態度はありえない。しかし結衣のもとでは甘えられるように思えた。結衣もまったく気分を害したようすはない。伊桜里の口もとで湯呑みが少しずつ傾けられる。温かい茶がまた頭をとろけさせる。手足の指先までほんのりと体温が上がっていくのを実感した。

意識がぼんやりとしだした。急に睡魔が襲ってきた。姉にお礼をいいたい。なのに言葉がでない。ひたすら思考が鈍い。

察したかのように結衣がいった。「いいから。いまは休んで」

ずっと眠りを恐れてきた。怖い夢を見るからだ。こんなに穏やかで安らかな気持ちとともに就寝するのは初めてだった。その思いだけでも泣きそうになる。涙に揺らぐ視野が狭まり、瞼《まぶた》が徐々に閉じていった。今度の暗闇に不安はなかった。ずっと望んできた時間がここにあった。深い安堵《あんど》の海の底に沈んでいくように感じた。

5

結衣は布団のなかで眠る伊桜里の寝顔を眺めた。鼻柱から頰にかけ、大きな痣《あざ》ができている。片方の瞼だけ内出血で黒ずんでいた。そのさまが不憫《ふびん》でならない。浴衣に着替えさせたときにも、全身に無数の痣や傷が見てとれた。

今度は男性の声が、失礼しますと告げた。開いた襖の向こうで正座するのは、法被姿の年配の男性だった。さっきの仲居よりは日本人っぽいが、ベトナム人だった。〝かんぽの宿〟の閉鎖後、ディエン・ファミリーが買いとり、関連企業の福利厚生施設にした。男性はここ相模湖畔館の支配人になる。

男性がおじぎとともにいった。「ナムがひとことご挨拶《あいさつ》をと」

廊下にもうひとり、白髪頭の瘦《や》せたスーツが、正座せず立ち姿で現れた。支配人よりずっと高齢、七十過ぎのベトナム人。温厚そうな老紳士という印象だが、人は見かけによらない。田代《たしろ》ファミリーが君臨するずっと前から、日本国内のベトナム人裏社会を牛耳ってきたマフィアグループのトップだった。

結衣は立ちあがった。「わざわざお越しいただかなくてもよかったのに」

「とんでもない」うわべだけは穏やかなディエン・チ・ナムが微笑した。「うちの施設に優莉結衣さんが飛びこんできたとき、急いでクルマをまわさせた次第でして」

突然の申し出に対応してくれた、そのことに感謝をしめすべきだった。結衣は頭《こうべ》を垂れた。「無理なお願いをきいてくださって……」

「いえ」ナムが片手をあげ、結衣の謝礼を制してきた。「いいんですよ。私どものほうこそ、結衣さんに恩がえしができて光栄に思います。うちの企業に就職していただきたかった。大学をでてからでも……」

やはりその話になった。それにしてもずいぶん遠慮なしに早々と持ちかけてくる。ナムに対する感謝の念はあっても承服しかねることはある。結衣は首を横に振った。

「反社に勤める気はないので」

弛緩した表情に見えて、目は笑っていないナムが、控えめな口調で応じた。「ご意思は尊重しますよ」

結衣は伊桜里を見下ろした。「ここの宿泊費は、あとでかならず……」

「そんなことはおっしゃらないでください。旅館風に仕立ててはいますが、あくまでうちの施設なので、お代など請求いたしません。妹さんのお世話なら何泊でも」

「それじゃ迷惑がかかります。養子縁組した親のもとから失踪《しっそう》したことになってるでしょうし」

ナムは口もとに笑みを浮かべたまま、じっと結衣を見つめてきた。「そこについては、すでにお考えのことがあるでしょう」

「……まあね」

「結構」ナムは伊桜里に視線を移した。「よく休まれてるようです」

ディエン・ファミリーは結衣の要請どおりの物を用意してくれた。茶に混ぜられた睡眠導入剤と精神安定剤の分量が的確だったとわかる。

直前に伊桜里が飛び下り自殺を図り、垂直落下を経験したからには、急性ストレス障害を発症する恐れが否定できない。体験の記憶が頭から離れず、明瞭《めいりょう》に想起したり、悪夢として現れたりする。それにより過覚醒《かかくせい》状態となり、症状が長引けばＰＴＳＤにつながる。回避するにはきわめて早期に手を打たねばならない。

現段階での薬物投与は効果的なはずだった。トラウマをひきずる確率も低下する。抗うつ薬やベンゾジアゼピン系の抗不安薬、睡眠薬は用いていない。とりわけベンゾジアゼピンは回復を遅らせる。ディエン・ファミリーはそのあたりもわきまえてくれた。

伊桜里が目を覚ます可能性はないが、なんとなく同室での会話が憚《はばか》られる。結衣はナムをうながした。「廊下で話したいんですけど」

「いいですよ」ナムが応じた。「どうぞこちらへ」

廊下にでて襖を閉める。支配人がおじぎをしがてら遠ざかった。結衣はナムと向き合って立った。

頼みごとばかりで気が引けるものの、どうしても求めねばならない。結衣はささやいた。「伊桜里がここにいることは、くれぐれも内密に……」

「心得ていますよ」ナムがまた表情をほころばせた。「それにしても静かですな。この施設の周辺には、無数の隠しカメラがありますが、尾行の人影などひとりもとらえていない。ふだんあなたは大勢の公安に監視されてるでしょう。まんまと撒《ま》いたようで」

「十人ほどの公安が、マンションの向かいの同じ階に陣取って、こっちを監視してます。でも気づかれずに出入りする抜け道があるので」

「察するに妹さんの状況は、公安の動向からお気づきになったんですかな」

ベトナム人の裏社会を束ねる存在だからか頭の回転が速い。結衣は公安の刑事たちが詰める部屋を逆に見張っていた。望遠鏡に秋葉原《あきはばら》で買った光学センサーとコンデンサー、スピーカーを連結した。電球のガラスの微細な振動から光量の変化を読みとり、音声化する装置を作った。どうせ公安も同じようなテクノロジーを導入しているだろう。

結衣の監視班のリーダー格は西峰という男だった。西峰の声が電話に応答した。〝それについては話したはずだ〟と西峰の声がいった。〝伊桜里がどんな目に遭おうと、それが公安の警戒する範疇《はんちゅう》でなければ手だし無用だ。伊桜里の父親は仕事もしない飲んだくれで、母親は凶暴きわまりない。里親資格もないのに実情を偽り、新たに冠滋を引き取った。担任の碑賀紫耀子教諭は、伊桜里を放校すべしと、四度も校長にうったえている。それらの事実が明白であっても、公安はなんら関知しない〟

そんな言いぐさを耳にしたとたん、結衣は鳥肌が立つ思いにとらわれた。養子縁組を結んだ親のもと、伊桜里はなんの問題もなく暮らしているはずではなかったか。ナムがため息をついた。「もう違法行為には及ばないと、矢幡前総理に誓ったはずでは？」

「部屋を抜けだしたぐらいで違法行為になるんですか」

「伊桜里さんの監視要員……鷹羽といいましたっけ。相模湖駅前で彼のクルマをパンクさせましたよね」

やれやれと結衣は思った。この施設に属するワンボックスカーが、結衣を迎えるべく相模湖駅近くに来ていた。ディエン・ファミリーが結衣の犯行を目撃していても、なんらふしぎではない。

結衣は都内から伊桜里を尾行してきた。伊桜里が出発駅で運賃表の看板を見上げたとき、相模湖駅に目をとめたことに気づいた。あとを尾《つ》けながら、中央線の電車に乗ってすぐ、結衣はディエン・ファミリーの福利厚生施設のひとつ、相模湖畔館に連絡をいれた。

最近の公安は手段を選ばない。とりわけ優莉家のことになると問答無用だ。伊桜里の監視要員は、彼女が駅に入っていくのを見て、JRに協力を強制しただろう。改札口の防犯カメラと切符のスキャンデータを照合、運賃が千百七十円と知ったうえ、伊桜里が神田駅で乗り換えるのも把握した。追跡する刑事が相模湖駅に当たりをつけ、覆面パトカーで中央《ちゆうおう》道を飛ばし、先まわりするのは目に見えていた。結衣は相模湖駅に到着するや、ただちに不審車両に忍び寄り、千枚通しでタイヤに穴を開けた。

ナムが鼻を鳴らした。「鷹羽という公安の刑事は、まだ若造ですな。伊桜里さんの乗ったバスが遠ざかるや、大慌てで覆面パトカーから飛びだし、走って追いかけようとする始末でした」

少なくとも鷹羽は上司の西峰に、伊桜里の窮状をうったえようとした。根は悪い男ではないのだろう。結衣はつぶやいた。「覆面パトカーが無人になった隙を見計らい、車内を手早く捜索するのは、ディエン・ファミリーの常套《じようとう》手段だと思いますけど」

「むろん部下たちはそうしましたよ」

「なにか見つかりましたか」

「電子光学センサー内蔵の盗聴用双眼鏡があったそうです。最新技術ですな」

やはり。あきれてものもいえない。結衣はきいた。「ほかには？」

ナムはポケットから、皺《しわ》だらけの紙片をとりだした。「これが車内の床にありました。丸めて捨ててあったらしいのですが」

ノートの切れ端だった。鉛筆で描かれた抽象画。宙に浮く瞳《ひとみ》から大粒の涙が滴下する。フキダシに〝お腹がすいたよー〟とある。

結衣の胸は痛んだ。伊桜里の心がどれだけ追い詰められていたか、この絵にすべてが表われている。辛《つら》さを少しでも和らげようとする一心で鉛筆を走らせたのだろう。そんな絵を見つけておきながら握り潰《つぶ》した時点で、鷹羽という男の器も知れる。悪党ではなくとも、しょせん組織の歯車のひとつでしかない。上には逆らいきれなかったようだ。伊桜里は自分の知らないところでも、面識のない大人たちに見捨てられていた。

ナムが唸《うな》った。「結衣さんの即断即決力には圧倒されます。ダムの管理事務所にある消火ホースを身体に結んでバンジージャンプとは……。一万メートル上空から落下した傷が癒《い》えたばかりでしょうに」

いま結衣の心には伊桜里のことしかなかった。「マフィアは慈善事業をもって贖罪《しょくざい》とするのが常です。ディエン・ファミリーも児童福祉施設を経営してるでしょう」

「……いくつか経営していますが、利用者はベトナム人の子供ばかりですよ。あなたには隠し立てする必要もありませんが、児童福祉施設というのは表向きです。実際には命を落とした同胞らの子供たちを世話しています」

「そこに伊桜里をいれてあげられませんか」

「たったひとりの日本人では浮くでしょう」

「親に恵まれなかった境遇は同じです。心が通いあうかも。現状よりはずっとまし」

「養子縁組を結んだ親の同意なしに、施設に迎えることはできませんよ」

「その親は今晩いなくなる」

廊下に静寂がひろがった。ナムの目のいろが澱《よど》みだした。結衣はあえて視線を逸《そ》らした。

ナムが怪訝《けげん》そうな声を響かせた。「前総理との約束を破って暴力に走り、また警察から疑われ、追われる人生に戻る気ですか」

「二度と犯罪に手を染めない。それが矢幡さんとの約束だった。でもわたしがいまからやろうとしてることが、本当に罪だとは思えない」

「詭弁《きべん》ですな」

「まあね」結衣はあっさりと認めた。「矢幡さんは恩人だけど、わたしはそれ以前に、伊桜里の姉だから……。優莉匡太と友里佐知子《ゆうりさちこ》の子供でもある」

「結衣さん」ナムがきいた。「自分の将来を闇に閉ざすつもりですか」

伊桜里の将来のほうが重要だ。健斗のように失いたくない。結衣はナムに背を向け、その場から立ち去りだした。「ディエン・グループは世間的に合法的事業を営んでるでしょう。優莉結衣になんか会ってもいないと証言してくれればいい。でも伊桜里は児童福祉施設で匿《かくま》いながら育ててあげて」

背後からナムの声が飛んだ。「伊桜里さんの意思もきくべきではないのですか」

自然に足がとまる。結衣は振りかえらなかった。「わたしや凜香とちがい、伊桜里には父の影響がほとんどない……。真っ当な道を歩ませてあげてほしい」

沈黙だけがかえってきた。返事としては幸いだと結衣は思った。ふたたび廊下を歩きだす。もう二度とディエン・ファミリーには関わらない。伊桜里にもだ。罪を背負うのは自分ひとりだけでいい。

6

上りの終電まではまだ時間がある。結衣は田舎の暗い夜道を駅へ歩きながら、小さなスプレー缶をとりだし、顔にまんべんなく吹きつけた。

来るときにも噴射しておいたが、帰りに備えてもういちど上塗りしておく。アルコールにラッカーと雲母《うんも》粉を混ぜたうえで、沈殿する粉末を除去した手製の濁り水。これは父譲りの悪知恵ではなく、スマ・リサーチの紗崎玲奈《ささきれな》から教わった。アルコール内に分散した、コロイド状になった雲母粉が乱反射を起こすため、赤外線の高感度撮影では顔だけ白く飛んで映らない。暗がりの街頭防犯カメラ対策としては良好だった。もちろん首から下は映る。この黒のワンピースは、今夜帰ったらさっさと処分するべきだろう。

駅構内に入ってからは、赤外線に切り替わっていないカメラの画角を、絶えず避けつつ歩いた。これもいつものことだ。電車はがらがらだった。八王子、立川《たちかわ》、国立《くにたち》と、この時間はいっこうに混みださない。やがて窓に雨が降りかかってきた。

目的地の住宅街に着いたころには、辺りの景色が土砂降りのなかに霞《かす》んでいた。結衣は傘もささずに歩きつづけた。うつむいていれば顔にスプレーした成分は維持される。濡《ぬ》れた前髪が重く垂れ下がるが、それも幸いだった。目もとが隠れる。よほど上方を仰がないかぎり、サングラスをかけているも同然の効果がある。

辺りは老朽化した小ぶりな家屋ばかりだった。そんななかに、ひときわ古びた二階建て木造アパートが建っている。門柱の蛍光灯は切れかかり、さかんに明滅を繰りかえしていた。結衣は外階段を上っていった。

203号室のドアの前に立ち、呼び鈴のボタンを押す。インターホンではなくチャイムだけの設備だった。ボタンを連打するうち、解錠の音がきこえ、乱暴にドアが開け放たれた。女のだみ声が響き渡った。「こんな時間までどこをほっつき歩いて……」

鳥の巣のようにちぢれた頭にカーラーをつけた、肥え太った中年女の丸顔が、絶句する反応をしめしている。伊桜里の帰宅ではないと知り、面食らったようだ。女は間近から結衣を睨《にら》みつけてきた。

この女が渚珠代か。伊桜里と養子縁組を結んだ母親だ。知性に欠ける大人どもの顔つきは、結衣にとって幼少期からお馴染《なじ》みだが、珠代もご多分に漏れず当てはまる。腫《は》れぼったい瞼《まぶた》や平らな鼻など、顔かたちそれ自体を、そうみなしているわけではない。だらしない表情から醸しだされる、愚劣な大人に特有の雰囲気というものは、この世にたしかに存在する。

結衣は珠代を押しのけつつドアのなかに踏みこんだ。靴脱ぎ場に視線を落とすこともなく、土足のまま台所にあがる。

「ちょっと！」珠代が目を怒らせながら追いかけてきた。「勝手に入らないでよ。どこの売女《ばいた》？部屋まちがえてんじゃないの？」

生臭い室内だった。物が雑然と溢《あふ》れているが、それでも流しには拭《ふ》き掃除をした痕《こん》跡《せき》がある。このずぼらそうな女がやったとは思えない。埃《ほこり》の見てとれない場所は伊桜里、ほかは伊桜里以外の暮らしぶりの結果だろう。

珠代は苛立《いらだ》ちを募らせ、奥の部屋に声を張った。「あんた、さっさと来てよ。まさかうちにデリヘル嬢呼んだ？だったらふざけんなってんだよ」

物音がした。半開きの襖《ふすま》の向こうから、よれよれのパジャマ姿の中年男が、眠たげな表情をのぞかせる。就寝していたわけでなく、横になりながら飲酒にふけっていたとわかる。赤ら顔のうえ、しゃっくりを繰りかえしていた。

渚泰正がおぼつかない足どりで台所にでてきた。血走った目を見開き、値踏みするように結衣を眺めた。「誰だ？　このアマ、人ん家《ち》に土足であがりこみやがって。デリヘル嬢なら、きょうの売り上げぐらい持ってんだろ。金置いてけ」

襖の向こうから小さな身体が現れた。小学校中学年ぐらいの男児だった。肥え太ってシャツがはちきれんばかりになっている。両手で携帯ゲーム機の任天堂スイッチライトをいじっていた。遊びの時間を妨げられたといわんばかりの、いかにも迷惑そうなまなざしを向けてくる。抗議のついでに玩具《おもちゃ》を自慢げに披露するあたりが馬鹿っぽい。

珠代が怒鳴った。「冠滋。向こうへ行ってな」

冠滋と呼ばれた男児は指示にしたがわなかった。「その人、誰？」

泰正が結衣に距離を詰めてきた。「こっちがきてえ。おいゴミ女、濡れ鼠で入りやがって、床が水浸しじゃねえか。掃除代寄越《よこ》せ」

酒臭い吐息に不快感がこみあげてくる。結衣はうつむいたままつぶやいた。「清掃費用。もしくはクリーニング代」

「あ？　なんだって？」

「まともな表現を教えてる。馬鹿は掃除代とかいう」

「なにが……馬鹿だ。てめえこそ馬鹿だろが、馬鹿女」

「伊桜里は？」

「あん？　なんだ伊桜里って」

珠代が顔をしかめた。「帰ってきてねえよ。あいつと関わりがあんのかい？」

結衣は珠代のほうを見なかった。「未成年が帰宅しないんなら、親は捜しに行くべきでしょ」

「捜しに？」珠代がせせら笑った。「外は雨が降ってんだよ。暇人じゃあるまいし、あんなできそこないの小娘のために、のこのこでかけられっかよ」

「死んでたらどうするの」

夫妻は顔を見合わせると、互いに噴きだした。泰正が下品な笑い声を響かせ結衣に向き直った。「家計が助かる。それだけだな」

珠代も吐き捨てた。「あんな糞娘《くそ》、行き倒れてたら万々歳よ。お荷物の貧乏神。優莉匡太がどっかの女に産ませた産業廃棄物」

冠滋がゲーム機に目を落としながらも、豚鼻を鳴らし笑いだした。そのさまは育ての両親にそっくりだった。

「で」泰正が顔をのぞきこんできた。「おめえはいったいなんだよ」

結衣は応じた。「産業廃棄物」

眼前にある泰正の顔の中心、伊桜里に痣《あざ》ができていたのと同じ箇所に、結衣は満身の力をこめ正拳《せいけん》突きを叩《たた》きこんだ。一撃で泰正の鼻っ柱は折れ、顔面が深々と陥没した。白目を剝《む》き、鼻血を噴いた泰正が、仰向《あおむ》けに吹き飛んでいく。滞空中の泰正の顎《あご》を、跳躍した結衣は片膝《かたひざ》で蹴《け》りあげた。泰正は天井に頭を打ちつけ、騒々しく床に落下した。

「な」珠代が愕然《がくぜん》とした面持ちでわめいた。「なにしやがんだよてめえ!」

だが結衣はすでに棚のアイロンをつかんでいた。コードを握るや水平に振り回し、風を切るほどの遠心力を加えつつ、アイロンの底で珠代の顔面を強打した。珠代はつんのめった。

冠滋が恐怖に立ちすくんでいる。しかし結衣の脚を泰正がつかんできた。鼻血で顔じゅうを真っ赤に染めた泰正は、床に横たわりながらも、必死に結衣にまとわりついてくる。

結衣は片脚を振りあげ、泰正の頭頂を勢いよく踏みつけた。頭蓋骨《ずがいこつ》を踏み砕かんばかりに全体重を乗せた。苦痛の叫びが響き渡る。瀕死《ひんし》の虫のようにじたばたする泰正に対し、結衣は矢継ぎ早にローキックを連続して浴びせた。爪先《つまさき》で何発も泰正の腹を蹴りこむ。肋骨《ろっこつ》の粉砕はむろんのこと、内臓破裂の一歩手前まで至らしめた。

足をとめたのは堪忍してやったからではない。冠滋がゲーム機を放りだし、台所の片隅に走るのを見たからだ。行く手には固定電話機がある。冠滋が死にものぐるいに受話器をつかみとった。

結衣は任天堂スイッチライトを拾いあげると、サイドスローで冠滋に投げつけた。ブーメランのように高速回転しつつ水平方向に飛んだゲーム機が、冠滋の後頭部に命中した。弾みで受話器が手を離れ、冠滋は前のめりに倒れこんだ。

小さな子にはあるていど容赦する、そんな生優しい性格は、自分のなかにないと結衣は痛感した。結衣は迷わず冠滋の襟の後ろをつかみあげた。みずからの身体を横方向に回転させつつ、冠滋の顔面をガラスキャビネットに叩きつけ、陳列された皿を一掃した。ガラスと陶器の破片が飛散するなか、冠滋を壁に投げつける。水風船が衝突したかのように、大量の血が放射状に飛び散り、冠滋が壁にへばりついた。

流し台の前で、やはり鼻血を滴らせた珠代が、膝立ちになり包丁を握っていた。

「このドグサレが！」

結衣がつかつかと歩み寄ると、珠代はひるむ反応をしめした。包丁の尖端《せんたん》を結衣に向けてはいるものの、手が震えるばかりで、いっこうに動きだそうとしない。

すかさず結衣は珠代の前腕を手刀で打った。珠代の悲鳴とともに包丁が飛んだ。結衣は珠代の顔面をこぶしで連打した。両手で胸倉をつかんだのち、腹に膝蹴りをつづけざまに見舞った。珠代は嘔吐《おうと》したが、胃の内容物が降りかかる直前に、結衣は正面から逃れていた。まわりこむや珠代の両足首をつかみあげ、ジャイアントスイングで流し台の上の食器類を横ざまに払った。またも大小の破片が散らばるなか、血だらけの珠代を床に放りだした。

結衣は深く息を吸うと、ガスコンロのバーナーキャップに水をかけ、つまみをひねった。点火せずガス漏れが発生し、異臭が立ちこめだした。息をとめた結衣は、ひとり難なく行動できたが、床を這《は》う三人は苦しみ喘《あえ》ぎだした。

ポップアップトースターのレバーを押し下げる。カチカチというせわしない音が響き始める。死にかけの三人の耳にも、死への秒読みが届いているだろう。ヒーターが熱を帯びたうえ、金属パーツが跳ね上がれば、静電気がガスに引火する。馬鹿ほど生への執着心がある。どうせがむしゃらに外に飛びだすだろう。

結衣は退室した。雨はいっそう激しく降っている。ドアを後ろ手に叩きつけると、外階段を下りていった。アパートを離れ、路地を歩きだしたとき、背後に閃光《せんこう》が走った。熱を帯びた爆風が吹きつけてくる。衝撃波に雨脚が乱れるのが見てとれた。

振りかえると203号室のドアと窓が吹き飛んでいた。炎が激しく噴出する。全身火だるまになった三人が、わめき声とともに駆けだしてくる。揃って階段を転がり落ち、地面にできた水たまりにのびた。なおも熱さに耐えきれず身悶《みもだ》えするうち、降雨に火が消えだした。

あれだけ叩きのめされたのに、まだこんなに動けるとは驚きあきれる。結衣は背を向け立ち去った。路地にはもう野次馬が現れている。誰とも目を合わさず、無言ですり抜けていった。

ガス爆発により、結衣がいたことをしめす物証は、いつものごとく消え去った。いまさら証拠隠滅でもない、結衣は皮肉にそう思った。

でかける前、結衣は自宅マンションを消灯し、寝たとみせかけて抜けだしてきた。ふだんならそれで朝まで見過ごされる。しかし伊桜里の両親や弟が襲われたとなれば別だろう。公安の刑事たちは連絡を受けるや、ただちに結衣の部屋に踏みこむ。不在もバレる。

それでかまわないと結衣は思った。土砂降りのなかをひとり歩きつづける。これまで大量殺戮《さつりく》魔が無罪の扱いを受けてきたのは、たんなる司法の気の迷いにすぎない。姉の智沙子《ちさこ》に罪を押しつけたままにしておくのも忍びない。本来の処遇を受けるときがきた。伊桜里が無事なら後悔はない。

7

深夜一時過ぎ、雨はもうやんでいた。結衣は千代田《ちよだ》区の外れにある自宅マンションに近づいた。

路地にひとけはない。辺りも静まりかえっている。パトカーの集結を予想していたが、意外な状況だった。ようすを見に立ち寄っただけだが、七階建てマンションを外から眺めるかぎり、なんの異変もない。

結衣の部屋は最上階の角部屋、701号室だった。向かいのマンションを見上げる。公安の刑事たちが結衣の監視用に借りた部屋も、やはり七階だった。カーテンの隙間から明かりが漏れている。彼らの使うワンボックスカーは駐車場に停まったままだ。

伊桜里の住むアパートに起きたことは、すでに公安の耳に入っている、そう考えるべきだった。伊桜里自身も行方不明になっている。結衣の監視チームが動かないはずがない。無理にでも結衣の部屋に踏みこもうとするだろう。なのにこの静寂はどうしたことか。

周りに警戒の目を配り、結衣はすばやくマンションのエントランスを入った。夕方以降無人になる管理人室のドアは、でかけるときにピッキングで解錠しておいた。なかに忍びこみ、防犯カメラ用HDDのマウスを滑らせ、プロパティの〝設備編集〟をいじる。スーパーインポーズされる日時の表示をオンにしたまま、すべての録画を五分間の静止映像に切り替えた。秒は進んでいるため、のちに録画をチェックしても、無人状態が五分つづいているだけに見える。

またドアを滑りでた。エレベーター内の防犯カメラは別系統のため利用を避ける。結衣は上り階段に向かった。

靴音を響かせないよう留意しつつ、屋上までひと息に上った。階段塔から外にでて、換気ダクトの蓋《ふた》のひとつを開け、縦穴のなかに身を躍らせる。結衣の痩身《そうしん》でもぎりぎりだった。足もとのファンは回転をとめてある。ファンを外し、配管を足がかりにしながら、ゆっくりと下りていった。

ほどなく浴室ユニットの天井裏に靴底を這わせる。点検口を開けると、眼下の暗がりは自室の浴室だった。結衣は足から点検口を抜け、浴室の床に飛び下りた。

緊張が走る。磨《す》りガラスの向こうは脱衣室兼洗面室だが、明かりが灯《とも》っていた。部屋をでる前に消灯しておいた以上、誰かが侵入したのはあきらかだった。

磨りガラスの向こうに人影が見えた。結衣ははっとして身をかがめた。間髪をいれず折り戸が開けられた。

浴室の外に立つのは痩《や》せた女だった。年齢は二十代前半だろう。長い黒髪は結衣のヘアスタイルに似ているが、顔だちは東南アジア系に思える。なんと結衣のパジャマを着ていた。

結衣は啞然《あぜん》としながら女を見上げた。女は澄まし顔で見かえした。警戒するようすもなく、女がぶらりと立ち去っていく。

脱衣室兼洗面室をでれば、1LDKの間取りがある。そこが結衣のふだんの生活空間だった。女はまるで住人のごとく振る舞っている。結衣は不審に思いつつ女のあとを追った。

LDKに入ったとたん、結衣は立ちすくまざるをえなかった。ダイニングテーブルに座っているスーツ姿の高齢男性、ナムと視線が合った。その向かいの椅子には、ほかならぬ伊桜里がおさまっていた。ブランド物とおぼしきブラウスとスカートを身につけた伊桜里は、目を真っ赤に泣き腫《は》らしている。結衣を見ると伊桜里は立ちあがった。伊桜里は泣きながら駆け寄ってきて、結衣に抱きついた。

当惑ばかりが募った。結衣は油断なくナムを見つめた。

ナムが腰を浮かせた。「ご心配なく。あなたと同じ抜け道から侵入しました。この歳になると、身体が固くて困りましたが、身軽なミン・フォンが手助けをしてくれまして」

ミン・フォンと呼ばれた女は、こちらに目もくれず、リビングルームの窓沿いをうろついている。引き締まった身体つきからして、反社の一員にちがいない。行動範囲も心得ている。すなわちリビングの天井にある照明よりも窓寄りに立てば、カーテンに影が映るという事実を、常に念頭に置いた振る舞いだった。逆に照明から手前、ダイニングとキッチンは消灯しているため、そちらの領域にいれば人影はけっして映らない。結衣も幼少のころ、侵入盗の基本的な留意点として、さんざん刷りこまれたテクニックだった。ナムと伊桜里、結衣が室内にいることは、向かいのビルからの監視ではわからない。ＬＤＫにはひとりの女だけがいるように見える。むろん公安はそれが結衣だと解釈する。

点灯しているのはカバー付きのＬＥＤ蛍光灯だけだ。振動による光量の変化も観測できない。公安による盗聴は不可能だった。

結衣はささやいた。「いったいどうして……」

ナムが静かに告げてきた。「伊桜里さんにはすべてを話しました」

「すべてって？」

「当然ながら結衣さんに関するあらゆることです」

思わず息を呑《の》んだ。結衣は自分より背の低い伊桜里を見下ろした。伊桜里のせつない表情が結衣を見かえした。綺麗《きれい》な服に身を包んでいるぶんだけ、顔にできた大きな痣《あざ》が痛々しい。

動揺せざるをえない。結衣はナムに不満をぶつけた。「なんてことを」

「いいえ」ナムが真顔になった。「私はあなたにいわれたとおりにしただけです。あなたは要請したでしょう。伊桜里さんに真っ当な道を歩ませてほしいと。私の考えるかぎり、これがそうです」

「……わたしの素性やおこないについて、なにもかも明かすことが？」

伊桜里が仰ぎ見た。「結衣お姉ちゃん。わたしはお姉ちゃんを尊敬します。いまこの世界があるのも、結衣お姉ちゃんがいたからですよね？　ナムさんからそうききました」

「具体的な話もきいた？」

「艦隊を丸ごと沈めたとか……」

いっそうの当惑とともに結衣は室内を眺めた。天井の照明よりも向こう側で、結衣に化けたミン・フォンがのんびりとストレッチをしている。ディエン・ファミリーはどこで観察したのか、フォンによる結衣の形態模写は、気味が悪いぐらいそっくりだった。顔が似ていないことを除けば、体形もしぐさも結衣そのものといえる。

それでも公安が、カーテンに映る人影だけで納得するとは信じがたい。結衣はナムにたずねた。「公安の刑事が訪ねてこなかったんですか」

「来ましたよ」ナムがうなずいた。「そう予想されたからこそ、私どもが先まわりしたのです。西峰という刑事がインターホン越しに問いかけてきました。いま部屋にいるのか、スマホの遠隔応答じゃないのかと」

ミン・フォンが大きく伸びをしながら、流暢《りゅうちょう》な日本語で、しかもぶっきらぼうにいった。「そう。抜けだしてドンキで買い物してる」

結衣は面食らった。フォンの声色は結衣によく似ている。

ナムが軽く鼻を鳴らした。「練習の賜物《たまもの》ですよ。あなたのような重要人物に成り代わるすべは、手下に学ばせておいて損はないですからな」

いちいちひっかかる物言いだった。しかしじつによく研究している。不在を疑われた場合、結衣ならどんな皮肉を口にするか、ディエン・ファミリーは詳細に分析済みのようだ。深夜のドンキは、暇な若者になりすました半グレの襲撃を受けやすく、結衣はけっして利用しない。公安も承知しているだろうが、行かないはずの場所をあえて口にするのが、かえって結衣っぽい。むろん向かいの部屋に居残る刑事らは、窓に映る人影がインターホンに応答するさまを目視し、たんなる挑発と受けとるだろう。結衣が自室にいるのがあきらかでは、公安が踏みこむことはできない。

ついさっき結衣はアリバイが崩れるのを覚悟のうえで、アパートに殴りこみをかけた。けれどもナムの機転でアリバイは維持された。すべては取り越し苦労に終わった。

もっとも、ナムが親切心だけで行動したとは思えない。結衣にひとつ貸しを作っただけでなく、ひそかに脅しをかけてきている。ディエン・ファミリーはミン・フォンを使い、いつでも結衣の犯罪をでっちあげ、濡《ぬ》れ衣《ぎぬ》を着せられる。暗にそうほのめかしている。

結衣は伊桜里に、ちょっとまってて、そう告げて離れた。ナムに目配せし、部屋の隅へと向かう。ごく小さな声で結衣はナムに問いただした。「なにが狙いですか」

ナムも声をひそめながら応じた。「そんな疑心暗鬼にならんでください。私は結衣さんの生きざまを伊桜里さんに説明しただけです。伊桜里さんは熱心にきいていましたよ」

「それがよくない。わかるでしょう」

「なぜ？　私が伝えたのは、あなたがどれだけ大勢の命を奪ったかという、上っ面の事象だけじゃありません。あなたの信念を説いたのです。おぼえていますか。田代勇《ゆう》次《じ》を殺したあと、あなたは私にいった。いちばん汚いゴミに生まれた。ゴミにはゴミの生き方があると」

よくおぼえている。自暴自棄と放心状態の極致だった。ナムは生まれ変わりの薬といいながら、結衣に睡眠薬を飲ませた。目が覚めたとき、ディエン・ファミリーの工作により、結衣のアリバイができあがっていた。振りかえってみれば、いまと同じようなことを、ナムは以前にも実行済みだった。

ナムが結衣を見つめた。「あなたが姉であることは、伊桜里さんにとって希望の光です」

結衣は首を横に振った。「父と同じ殺戮《さつりく》魔でしかない」

「そうじゃないでしょう。あなたはよく知ってるはずです。司法は機能不全を起こしている。正しいとされるものがじつは正しくない、そんな世に生まれてしまった。あなたは社会のモラルやルールから外れた道に育った結果、ひとつの決意に至った。なにが正しいか自分できめると」

「わたしが正しいかどうか誰にもわからない。法に照らせば死刑百回でも足りない」

「法など論外です。あなたも私もそう思ってる。そしてあなたが正しいと思うことは、やはり正しい。父母を反面教師とし学んだからでしょう」ナムの目つきが険しさを増したが、言葉遣いは穏やかなままだった。「あまりごねるとあなたの支持者が失望しますよ」

「支持者なんて……」

「私ですよ。このディエン・チ・ナムこそあなたの最大の支持者です。そしてあなたはじつのところ、多くの人々に共感されている。声をだしてはっきり意思表示することさえできませんが、あなたを正しいと信じる心は……」

「世の犯罪を助長するだけ」

ナムの表情が硬くなった。「矢幡前総理が失踪《しっそう》し、なにやらきな臭い勢力がひそかに台頭する国で、法がさだめるところの犯罪なる区分など、いまやほとんど無意味。その認識では私たちは同志のはず」

結衣は口をつぐんだ。ナムのいわんとしていることはわかる。だが正しさの基準を自分に置けば、みずから過ちを悟るすべも失われる。優莉匡太や友里佐知子ですら、己がまちがっていないと、死ぬまで信じていただろう。

伊桜里は少し離れた場所に立ち、不安そうにこちらを眺めている。結衣はナムにささやいた。「もう会わないつもりだったのに」

「そうはいきません。伊桜里さんを育てるのは、私どもの児童福祉施設ではなく、あなたなのですから」

驚きとともにナムを見つめる。結衣はきいた。「どういう意味ですか」

「あなたは彼女の姉でしょう。両親を頼れなくなった伊桜里さんを引き取るにふさわしい」

「兄弟姉妹は互いに会えない規則です。それにわたしはまだ大学生……」

「会おうとする意思を持つ兄弟姉妹の二名のうち、どちらか一方が成人するまでは会えない、そうきめられただけです。かつて成人は二十歳を意味していましたが、現在では十八歳です。あなたは公に堂々と伊桜里さんの保護者になれます」

「そんなことは受けいれられないでしょう」

「ふだん世話になってる人権派団体や、弁護士らにきいてみてはどうですか。伊桜里さんはあなたに師事するのがいちばんです。優莉匡太の子供である事実は変えられないし、法は超越して生きる運命の兄弟姉妹です。そのなかで正しくありつづける礎を築いたのが結衣さんだと、私は信じます」

「師事って。伊桜里を人殺しにしろっていうんですか」

「伊桜里さんはもう結衣さんがどんな人かを知っています。そのなかでなにを学びたいかは、本人に選ばせればいいでしょう」

結衣はまた沈黙した。伊桜里はいまどんな心境だろう。それを推し量るためにも、ナムにきいておかねばならないことがあった。結衣はいっそうの小声でささやいた。

「わたしがいまなにをしてきたか話したんですか」

「いいえ。まだです。あなたの口から伝えるべきでしょうから」

重い課題だった。だがこれにかぎれば、ナムの主張はどうしようもなく正しい。他人のきめた法に背こうが、自身の責任からは逃れられない。

結衣は伊桜里を見つめた。ふたたび歩み寄る。慎重に言葉を選びながら結衣は話しかけた。「あのう……。わたしはさっきあなたのアパートへ行ってね……」

すると伊桜里は結衣に抱きついてきた。「お願いです。結衣お姉ちゃん。お母さんやお父さんのところに帰りたくない」

「……伊桜里。あのさ」

「ごめんなさい」伊桜里は涙声でうったえた。「なんでもいうことをききます。いわれたとおりにします。だから追いださないでください。おうちに帰さないで」

思わず言葉を失う。なんでもいうことをききます、そのひとことが胸に突き刺さる。

過剰なまでに受け身の姿勢。無抵抗に徹し、ひたすら謝ることで、かろうじて命をつなぐ。幼いころと同じだ。結衣は九歳で解放された。伊桜里は地獄に残されたまま、中三まで育ってしまった。

とはいえどう答えればいいだろう。伊桜里の人生に関わる重要な問題だ。暴力女でしかない姉のもとに身を寄せれば、ただ悪い影響を受けるばかりではないのか。

そのとき間近に人の気配を感じた。ミン・フォンがいつの間にか至近距離に立ち、結衣の声帯模写でぼそりといった。「わかった。一緒にいよ」

結衣がぎょっとしたときには、すでにフォンは窓辺に駆け戻り、ストレッチを再開しだした。追おうにもそちらへ行けば、結衣の影がカーテンに映ってしまう。

伊桜里は結衣に抱きついていたため、顔を仰ぎ見てはいなかった。頭上のささやきを結衣の声だと、疑いもなく信じたらしい。いっそう強く結衣を抱き締め、伊桜里が幼児のように泣きじゃくった。「嬉《うれ》しい。ありがとう。結衣お姉ちゃん。結衣お姉ちゃん」

胸が詰まる感覚にとらわれる。悲哀だけでなくかすかな喜びもあった。健斗のほか、不幸な弟や妹の大半に、姉としてなにもできないままだった。少なくとも伊桜里を辛《つら》く苦しい日々から連れだせる。今後まともに生きられるかどうかは結衣しだいだった。

結衣はナムを眺めた。ナムは満足げな微笑とともに肩をすくめた。これが最善の道なのですよ、目がそのように語りかけてくる。

伊桜里の頭をそっと撫《な》でながら結衣は思った。優莉匡太も友里佐知子も、幼い命には無頓着《むとんちゃく》だった。結衣が両親のようにならなかったと断言できるのは、伊桜里に真の笑顔が戻る日にちがいない。

8

翌朝は晴れていた。結衣は自宅マンションのエントランスをでた。室内には伊桜里とナム、ミン・フォンが居残っているが、気配はまったく感じられないはずだ。電気メーターは増設したスイッチひとつで、不在時並みに回転速度が落ちる。結衣自身の手でとっくに施してあった細工だ。三人は結衣が公安を引きつけているあいだに、まんまと脱出する手筈《てはず》だった。

白Tシャツにショート丈ジャケットを羽織り、教科書類の入ったA4バッグを提げ、デニムとスニーカーででかける。きょう大学は二時限目からの出席のため、朝は遅めだが、食事は部屋に居残る三人ととるわけにいかない。いかにもひとり暮らし風に、駅前のスタバあたりで済ませるにかぎる。

いつもは遠目に監視するだけの公安のスーツが、露骨に路上に姿を見せている。四十歳ぐらいの男が距離を詰めてきた。目つきの鋭さからして、この男がリーダー格にちがいないと結衣は思った。

男が立ち塞《ふさ》がった。「ゆうべはでかけていたときみ自身がいったが……」

「どこの誰？」

「公安の西峰。いつどうやって部屋に帰った？」

曖昧《あいまい》な言い方で鎌《かま》をかけている。結衣は西峰のわきを抜け歩きだした。「でかけてなんかいない」

西峰が歩調を合わせてきた。「どっかへ行ったというのは嘘だったのか」

わざとドンキという言葉をださずに結衣は翻弄《ほんろう》した。「わたしが行かない場所ぐらい把握してると思ってた」

「もちろん把握してる。携帯キャリアから、マンションのインターネットプロバイダーまで、あらゆる記録も参照可能だ」

「ならわかるでしょ。インターホンを遠隔応答なんかしてない」

「知ってるか。妹さんが行方不明になった」

「凜香が消えるなんていつものことでしょ」

西峰が戸惑いぎみに言葉を切った。結衣が本当に伊桜里を連想しなかったのか、それともとぼけているのか、真意を測りかねているようだ。

ほどなく西峰が一歩譲ってきた。「消えたのは伊桜里さんだ。アパートの住人が襲われたニュースを観ていないか」

「観てない」

「伊桜里さんが養子縁組を結んだ両親が瀕死《ひんし》の重傷を負った。里親として引き取っていた男の子も同様でな。男の子のほうは少し口がきける。得体の知れない女が乗りこんできたと」

殺して口を封じなかったのは恐怖を持続させるためだ。あの三人が、侵入者は優莉結衣に似ていたと証言したところで、状況はなにも変わらない。優莉結衣の脅威は、ひところ都市伝説のように報じられたため、いまでは眉唾《まゆつば》ものの扱いを受ける。公安にも確証はないらしい。どちらかといえばむしろ、結衣を容疑者候補から外す裏付けをほしがっているようにさえ思える。さっさとひとつの仕事を片付けたいのだろう。

渚家の惨劇については無視し、結衣は妹のことだけをたずねた。「これから伊桜里の保護者は?」

「わからん。伊桜里さん自身が行方不明だから、手続きもなにも進まんだろう」

結衣は冷やかに睨《にら》みつけた。「兄弟姉妹は全員、公安が見張ってるときいてたけど」

口ごもった西峰の歩が緩んだ。足ばやに追いかけるのも体裁が悪い、西峰はそう思ったのか、たちまち距離が開いた。

自然に刑事たちが結衣を見送るかたちになった。苦々しげに足をとめる公安のなかで、ひときわ若い顔を結衣は視界の端にとらえた。たぶんこの男が鷹羽なる刑事だろう。相模湖駅で伊桜里を見失うミスを犯した。そんなに深刻にならずとも、きょうの午後に伊桜里は津久井《つくい》署の交番に保護される。発見者として付き添うベトナム人は、技能実習生の若者だが、実際にはディエン・ファミリーのメンバーだ。むろんそのことは警察も知りようがない。

結衣は水道橋《すいどうばし》駅の近く、東京ドームの丸屋根が見える都会の一角、論教《ろんきよう》大学千代田キャンパスに向かった。いったん姿を消した公安が、覆面パトで敷地の外に乗りつけているのを、結衣は承知済みだった。マンションの防犯カメラや電気メーターをチェックしたのち、総出でこちらに赴いている。ナムとミン・フォンは伊桜里を連れ、さっさと抜けだしたにちがいない。

大学生はみな高校生にくらべ大人っぽく、優莉という苗字《みょうじ》をきいても、眉をひそめたりはしなかった。ただし距離を詰めようともしてこない。いまのところ友達もできないが、ひとりでいたい結衣にとっては幸いだった。

午後の講義を終えたころには、すべてが首尾よく進んでいると確信を得た。スマホに入っていた呼びだしに応じ、結衣は世田谷《せたがや》区にある子ども人権センター事務局を訪ねた。保護された伊桜里が結衣を頼るまでが出来レースだった。

優莉家の子供たちが無実だと頑《かたく》なに信じる、人権派弁護士ばかりが複数同席した。伊桜里の養育について相談を持ちかけてくる。養子縁組を結んだ父母が入院したのを受け、新たな保護者が必要になっている。現行法で十八歳は成人だと主張する弁護士らと、過去の解釈どおり二十歳を過ぎてからにすべきとする司法関係者が、この場でもさかんに意見を戦わせた。

結衣はただ黙って議論が終わるのをまった。大人たちはそれぞれの立場で、熱心に持論をうったえたという経緯と実感がほしいだけだ。結果はもうきまっている。身寄りのない子を本気で世話したいとは誰も思わない。父親が元死刑囚とくればなおさらだった。

翌々日は土曜だった。結衣はもう伊桜里と一緒にいた。伊桜里はナムがくれた高級な服を着るわけにもいかず、クリーニングを終えた制服を身につけている。結衣はケープニットにロング丈のフレアスカート姿だった。

顔の真んなかの大きな痣《あざ》がどうしても可哀想に見えてくる。結衣が真っ先に伊桜里を連れていったのは、バスタ新宿《しんじゅく》内にあるレンタルメイクルームだった。夜行バスを乗り降りする前後に、女性客がメイクアップできるよう、必要な物はひととおり揃っている。

結婚式や撮影の控え室としても用いられる施設だけに、設備は美容室のように充実していた。まだ午前中だけにがらんとしていて、受付に女性従業員がひとりしかおらず、どのブースも無人だった。八畳ほどのブースは、上げ下げ窓がブラインドで塞がれ、LEDが縁取る女優ミラーが設置してある。ミラーの前には革張りの椅子が据えられていた。周りを化粧品棚やウィッグ棚、ブラシ類やヘアドライヤーを載せたワゴンが囲む。

結衣は伊桜里の顔の痣を隠すため、メイクを施しにかかった。まずベースにBBクリームを塗る。赤みを帯びた痣には、白っぽいコンシーラーが適していると思われた。ブラシでコンシーラーを軽く叩《たた》きこみながら、薄くまんべんなくひろげ、ていねいに

い」

　伊桜里は人見知り状態で緊張しきっていた。パウダーファンデーションを重ねているとき、瞼《まぶた》を閉じるべきと気づいたらしく、あわてる反応をしめした。「ごめんなさ
「謝らないで」結衣は作業の手を休めなかった。「ごめんなさいはしばらく禁止」

「申しわけありません」

「それもだめ。伊桜里。身内なんだからタメ口で喋《しゃべ》って」

「そんな……。無理です」

「ですます調は禁止。ほかの妹もそうしてるし」

「ほかって……誰ですか？　いえ、誰……なの？」

　ぎこちない物言いに苦笑が漏れる。結衣はきいた。「凜香をおぼえてる？」

「ああ、はい。なんとなく」

「あれはとんでもなく口汚い。そこまでは見習う必要はないけど」

「口汚い……。凜香お姉ちゃんが？」

　意外に思えるのも無理はない。父の逮捕前、六歳の凜香はおとなしかった。内弁慶のきざしは垣間《かいま》見られたが、たぶんそれは姉にしかわからなかったことだ。

仕上げはルースパウダーだった。パフでなくブラシでふんわりと顔全体に乗せる。パールいりのため肌に艶《つや》がでて、スッピンぽくなった。結衣は身を引いた。「こんな感じでどう?」

すっかり痣の消えた伊桜里が、ミラーのなかの自分に目を瞠《みは》った。「わあ。すごい。ありがとう、結衣お姉ちゃん」

「あー、指で触っちゃ意味ないから」

「ごめんなさ……。じゃなくて、ええと」

「わかった、だけでいいの」

「わかっ……た」伊桜里は不安そうに結衣を見上げてきた。結衣が思わず微笑すると、伊桜里の顔にも笑みが浮かんだ。

内心ほっと胸を撫《な》でおろしたい気分だった。伊桜里との同居はまだこれからだ。保護者が務まるかどうかはさだかではないが、これならなんとかやっていけそうに思える。

結衣は伊桜里の髪をそっと整えながらいった。「危険を察知するコツとして、当たり前のことをいう人を警戒すること」

「当たり前って?」

「敵が不意を突いてこようとするとき、動作にやましいところはないと強調したがる。身体を起こすだけでも、そろそろ起きなきゃなとか、意味のなさそうなひとりごとを口にする。だけど動作には別の意図がある」

「そろそろ起きなきゃな……といってる人を危険だと思わなきゃいけないの？　ほんとにただのひとりごとだったら？」

ふっと結衣は軽く鼻息を吹かせた。「言い方の微妙なちがいがある。そのうち慣れてくる」

ふいに騒音が響いた。ブースの出入口で女性の叫び声がした。「勝手に入らないでください！」

女性従業員が誰かを押しとどめようとしている。巨漢ふたりがずかずかとブースに乗りこんできた。ひとりは薄い頭髪に垂れた頰の男で、出腹を黒シャツに包んでいる。なんと手に携えるのはショットガンだった。もうひとりはぎょろ目で下唇が突きだしたツラで、アサルトライフルを手にしている。ぎょろ目が銃尻《じゅうじり》を女性従業員に打ち下ろした。女性従業員は床に叩き伏せられ、ぴくりとも動かなくなった。失神したのかもしれない。

「優莉結衣！」出腹が怒鳴った。「ジン兄貴の仇《かたき》をとってやる。死にやがれ！」

伊桜里が慄然《りつぜん》とした表情で固まった。だが結衣にとっては日常のひとコマにすぎなかった。結衣は即座に敵めがけ突進し、深く沈みこんだのち、垂直に跳ねあがった。レミントンは下から支えるように保持するしかないため、この方向に働く力に弱い。結衣は瞬時にショットガンを奪いとった。ぎょっとした敵の顔面に銃身をフルスイングし、横方向にこめかみを強打する。巨体は宙に浮き、棚にぶつかりながら落下した。おびただしい数の小瓶をぶちまけ、敵が床に転がった。

ぎょろ目の男はアサルトライフルを構え直さなかった。銃口を結衣に向けるより早く、ショットガンが火を噴くと予想したのだろう。HK416の銃口を女性従業員の背に押しつけながら、後ろ髪をつかみ引き立てようとした。人質にとって盾にする気らしい。女性従業員はぐったりとしていた。結衣は発砲できない。ショットガンには散弾が装塡《そうてん》されている。撃てば女性従業員まで巻き添えにしてしまう。

しかし行動に迷いなど生じなかった。結衣は一気に踏みこむと、銃剣術の要領でショットガンを大きく振り、敵のアサルトライフルを弾《はじ》き飛ばした。宙を舞ったアサルトライフルが離れた場所に落ちた。飛び道具を持たない敵を銃撃する気はない。結衣はショットガンを投げだした。

ふたりの巨漢を前に、結衣は悠然と立つと、低い声を響かせた。「死に化粧を施してやる」

巨漢どもは怖《お》じ気づいたものの、ぎょろ目のほうが先に猛進してきた。腰からコンバットナイフを引き抜く。だが結衣は香水のスプレーを敵の顔面に浴びせた。目潰《めつぶ》しを食らった敵のナイフは空を切った。結衣は電源の入ったヘアアイロンで男の頭を打撃した。香水のエタノールを浴びた頭髪は、いきなり異臭とともに燃えだした。男は頭頂から火と煙を立ち上らせ、絶叫とともに室内を駆けまわった。

火災報知器のベルが鳴り響き、天井からスプリンクラーのシャワーが噴射された。土砂降りの雨のなか、ひるんだもうひとりの巨漢が、わめきながら向かってくる。結衣は身体を横方向にひねり跳躍した。空中で後ろ回し蹴《げ》りの体勢に入ると、水を含んだロングスカートの裾《すそ》は硬さを帯び、回転ノコギリのように敵の喉《のど》もとを襲う。肌を切り裂くほどではなくとも、男を動転させ身を退かすには充分だった。そのまま結衣の片脚が敵の延髄を直撃した。宙返りした敵の巨体がワゴンの上に突っ伏した。

ぎょろ目のほうの頭部は鎮火したが、火傷《やけど》の痛みに耐えられないらしく、上げ下げ窓から逃げだそうとしていた。しかし上半身は外にでたものの、尻がつかえて逃げだせず、両足をさかんにばたつかせている。結衣は出腹の突っ伏すワゴンを蹴り飛ばした。キャスター付きのワゴンに覆いかぶさった敵の頭が、もうひとりの敵の尻に命中した。ひとりは窓を抜け、建物の外に落下していった。しかし今度は残るひとりの出腹が窓枠につかえている。結衣はそこにもう一発飛び蹴りを浴びせた。出腹の男も窓の向こうへ勢いよく飛んでいった。

びしょ濡《ぬ》れになった伊桜里はまだ椅子で震えている。せっかく施したメイクが、スプリンクラーの豪雨のせいで流れ落ち、また痣《あざ》がうっすら浮かびだしている。

水浸しの床に女性従業員が横たわっていた。結衣は駆け寄ると助け起こした。女性従業員は呻《うめ》き声を発し、ほどなく目が開いた。しばしぼんやりしていたものの、はっとして周囲を見まわした。

結衣はいった。「不審者は逃げました。通報してください。いますぐに」

「は、はい」女性従業員が慌てふためき立ちあがる。通路にはスプリンクラーの作動はなく、乾いた状態が保たれていた。受付へと女性従業員が走り去っていく。

毎度のことながら指紋も汗も毛髪も流される。現場にDNA型は残らない。結衣は伊桜里のもとに駆け寄った。「だいじょうぶ？　立てる？」

伊桜里は茫然《ぼうぜん》としていたものの、ずぶ濡れの顔をふいに輝かせ、興奮ぎみに告げてきた。「結衣お姉ちゃん！　いまのを教わりたい」

「はあ？　なにいってんの」

「わたしは結衣お姉ちゃんみたいになりたい！」

「ちょっと。伊桜里」

「〝死に化粧を施してやる〟ってかっこいい。メイクルームだからだよね？　ぱっと思いついたの？　前から考えてたの？」

「……いいから立って。ほら、つかまって」

抱きついてきた伊桜里の背を支え、結衣は椅子から離れた。防犯カメラのない裏手の非常階段から逃走、いつものことだ。だがきょうはどうも勝手がちがう。この期に及んで、なお慕ってくる妹というのは、これまでに経験がない。

9

受け子の榎樫楊汰《えのかしようた》は中二で十四歳だった。ひょろりと頼りない外見だが、黒シャツにデニム、短髪を逆立てるなど、不良ファッションには躍起になっている。舐《な》められたくないという一心ゆえだろう。

深夜一時過ぎ、江戸川《えどがわ》沿いに点在する民家の窓明かりも、ほとんどが消えていた。どの戸建てもちっぽけで没個性的なため、存在感は希薄きわまりない。しかしひときわ大きな例外があった。二百坪はあると思われる広々とした敷地に、文化財ものの純和風建築のシルエットが浮かびあがる。門柱には淡嶋《あわしま》と記されていた。門扉がないため、庭を母屋の玄関まで入っていける。楊汰は無断で立ち入った。ガレージに停まっているのは高級車ばかりだった。

玄関の引き戸の前に楊汰が立った。磨《す》りガラスの向こうは消灯している。楊汰は戸のわきのインターホンを押した。

男性の声が応じた。「はい」

「あの」楊汰はインターホンのカメラに頭をさげた。「どうも」

住人が絶句する反応があった。しばし沈黙があったのち、男性の声が怪訝《けげん》そうにいった。「きみか」

「はい」楊汰は及び腰だった。「いろいろご迷惑かけて済みません」

「迷惑で済むか。警察には被害届をだしてあるからな。いまも通報する」

「そこをなんとか……」楊汰の声は震えていた。「話をきいてもらえないでしょうか」

「話ってなんだ」

「ちょっと、その、お金とかはかえしますんで。通報は勘弁してほしいんですけど…

……」

返事はなかった。通報しないと住人側が約束するはずもない。けれども金をかえすというひとことが功を奏したのだろう。磨りガラス越しに明かりが灯《とも》ったのがわかる。ほどなく引き戸が横滑りに開いた。ガウンを着た四十代男性が現れた。この辺り一帯の地主、淡嶋藤司《とうじ》にちがいない。

淡嶋は楊汰を睨《にら》みつけた。「うちの母をよくもだましたな」

「いえ……」楊汰が蚊の鳴くような声で弁明した。「お互いに誤解もあるんで」

「なにが誤解だ。きみはオレオレ詐欺グループの受け子だな？　私からの伝言と偽って、会社で金が要ると母に伝え、現金を差しださせた。ちがうか」

やたら具体的に経緯を説明したうえで、同意をうながそうとしてくるのは、淡嶋が録音機器を隠し持っているからにちがいない。だがその可能性があろうとも、楊汰には取り乱すなといってある。ただすなおに認めればいい。指示どおり楊汰はあっさりうなずいた。「はい」

「いい度胸だ。五百万円はどうした。持ってきたのか」

淡嶋の目は楊汰が背負うリュックサックに向いた。なかに金があるかどうか、そこばかりを気にかけている。

開け放たれた玄関の奥、廊下には淡嶋の家族が姿を見せていた。小中学生の三姉妹はもうパジャマ姿で就寝していたらしいが、起きだしてきて不安顔でこちらを見守る。しかしだまされた当事者、淡嶋の母親である老婦人は、憤りに満ちた表情を楊汰に向けている。いまにも玄関先にでようとする老婦人を、義理の娘の和枝《かずえ》が押しとどめようと必死だった。和枝は淡嶋の妻だ。彼女自身もときおり玄関先を振りかえり、軽蔑《けいべつ》のまなざしを楊汰に投げかける。

年端もいかない受け子が、いかにイキっていようと、家族総出ならまるで怖くない。それが淡嶋家一同の感覚だろう。受け子が闇バイトで雇われた若者にすぎないことは、誰でも昨今のニュースを通じ知っている。まして楊汰はいかにも幼い顔立ちで、しかもひたすら弱腰だった。詐欺被害に遭った一家が増長するのも無理はない。

淡嶋は楊汰を詰問した。「きみの名前は？　まだ子供だろう。どこに住んでる？」

受け子など恐るるに足らない存在、そんな知識をニュースで得たのなら、ほかの報道にも目を向けるべきだ。このところ富裕層宅への押し込み強盗が多発している。資産家の高齢者の住所一覧を、全国の不動産業者がひそかに編纂《へんさん》するが、それらは反社にもでまわる。リストアップされた住所は片っ端から狙われる。標的になりやすいのは敷地面積の大きな屋敷だ。隣家と距離があり、向かいに川が流れるなど、住宅街に埋もれていない古民家。防犯カメラがなく、警備会社との契約もない。いちどオレオレ詐欺にひっかかったことで、多額の現金が邸内にあると実証済み。どれもこれも淡嶋家に当てはまる。

詐欺被害に遭ったのは、認知症っぽい老婦のせいだろうし、受け子を相手に強気になるのも結構だが、脇が甘すぎる。次にどんな展開が待ち受けているか、家主なら想像力を働かせておくべきだった。

庭先の少し離れた場所にたたずみ、一部始終を見ていた二十四歳の庵崎恭壱《あんざききょういち》は、丸めた人差し指を軽く嚙《か》み、鋭く甲高い口笛を鳴り響かせた。

楊汰はびくっとした。いきなり淡嶋に背を向けた楊汰が、玄関先から逃走しだした。

暗がりを庵崎のほうへ駆けてくる。

淡嶋があわてぎみに呼びかけた。「おい、どこへ行く。まて！」

黒ずくめの男たちは庭じゅうに散っていた。全員が目出し帽に手袋、肘《ひじ》や膝《ひざ》のプロテクターまで黒に統一している。総勢二十二人の急襲部隊が、いっせいに玄関へ押し寄せる。

「な」淡嶋が動揺の声を発した。「なんだきみらは……」

それ以上の抗議はなかった。黒ずくめの先頭がサバイバルナイフで淡嶋の腹を抉《えぐ》った。淡嶋は口から血を吐き、呻きながら前のめりになった。

家族の悲鳴は、家主の惨状を見てのことか、それとも黒ずくめの群れに怯《おび》えたがゆえか。両方かもしれない。黒ずくめの集団が淡嶋の死体を宅内にひきずりこみ、土足で廊下へと突入していった。最後のひとりが後ろ手に引き戸を閉める。いまや屋敷の外観にはなんの異常も見てとれなくなった。女どもの絶叫や、家具類がひっくりかえされる騒音が、かすかに漏れきこえてくるにすぎない。

庵崎はタバコをくわえるとライターで火をつけた。煙をたっぷりと肺に落としこむ。毎度のことながら急襲部隊の統率のとれた行動には感心する。家じゅうに埋もれている金目の物をすべて発掘し、ほどなく引き揚げるだろう。むろん物証のいっさいも跡形もなく片付けてくれる。だからこうして安心してタバコも吸える。家主のガウンのポケットにおさまった録音機器について、いちいち彼らに回収を伝える必要もない。

中学生ぐらいの小娘の叫び声がきこえた。「早く通報してよ、お母さん!」

三姉妹の母親、和枝の声は切羽詰まっていた。「通じないのよ。駄目。電話がかからない」

当然だと庵崎は思った。急襲部隊は携帯式ジャマーを身につけている。スマホ電波は妨害され送受信できない。

まるで嘔吐《おうと》するような、和枝の濁った声が響いた。たぶん腹部を滅多刺しにされたのだろう。義母があわてたように甲高い声で呼びかけた。「和枝さん！　なんてことをするの！　なんて……うっ」

ババアもあっけなく死んだらしい。三姉妹のひとりらしき少女の絶叫がこだました。

「お婆ちゃん！　うわーん！」

号泣する声はたしかに三人ぶんきこえたが、ひとりずつ悲鳴に変わっては途絶えていく。小娘のひとりは、おぞましく苦しげな声を長く発した。首を絞められているとわかる。庵崎は笑ったが、隣に立つ楊汰は両手で耳をふさぎ、固く目をつむっている。

冷やかな気分がこみあげる。庵崎は楊汰を眺めた。しょせん不良の中坊にすぎない。受け子としての働きはそれなりだったが、そろそろ終盤の課題をあたえる頃合いか。

庵崎はタバコを差しだした。「楊汰」

楊汰が顔をあげた。震える手でタバコを受けとり、くわえたとたん無心にふかした。

「平気か」庵崎がきいた。

「はい」楊汰が答えたとき、邸内から少女の悲痛な叫びがきこえた。まだひとり息があったらしい。硬い物で殴りつける音が外にまで響いてきた。それっきり悲鳴は消えた。楊汰の顔はひどくこわばったが、なんとか煙を吐きだした。

鼻を鳴らし庵崎は歩きだした。「行くぞ」

楊汰は強がってタバコを吹かしつつ、庵崎の横に並んで歩いた。広い庭を横切り、川沿いの路上にでると、SUVばかりの車列が連なっている。その最後尾の車両へ向かった。急襲部隊は仕事を終えてから撤収する。庵崎は楊汰とともにひと足早く引き揚げる。

特殊詐欺から押し込み強盗まで多発する、そんな昨今の世情には理由がある。いまは反社天国、もしくは反社バブルと呼べる時期が到来している。おかげで毎日大忙しだった。所轄署に逮捕されようと、警察組織の上層部が動き、ほどなく釈放してくれる。EL《エル》累次体の天下ほど住みやすい世のなかはない。

10

伊桜里は千代田区の外れにあるマンションの七階で、結衣と一緒に暮らし始めていた。

1LDKの間取りのうち、リビングルームが伊桜里の居室だった。結衣に引き取られ、ふたりで中央線で帰ってきた日は、ほとんど会話もなかった。もう日没を迎えていたこともあり、結衣が作った料理を食べ、ひとり入浴し歯を磨いた。ただしそれだけでも、なにもかも清潔で、優雅でゆとりある生活に感激した。

結衣は自分の部屋のベッドを譲ってくれようとした。伊桜里は恐縮し遠慮した。リビングルームでソファに横たわり、ひとり毛布にくるまった。

伊桜里はパジャマ姿で就寝した。突然起こされ、母の平手打ちを食らう悪夢に、たびたび目が覚める。伊桜里は心細さとともに毛布に潜った。あんな毎日に戻りたくない。

翌朝早く、ぼんやり意識が戻ったとき、伊桜里は自分がどこにいるのか思いだせなかった。ほどなく結衣のリビングで寝たと気づいた。カーテンの隙間から藍《あい》いろの空がのぞく。早朝だった。まだ赤みがかってさえいない。

ソファから起きだす。ジャージ姿の結衣がキッチンで立ち働いている。朝食の準備中らしい。

伊桜里は歩み寄った。「おはようございます……」

「おはよう」結衣がぶっきらぼうな小声で応じた。「あんたも今後はおはようといって」

ございますと付けるなと指示している。はいと答えるのではなく、うんとうなずくべきなのだろうか。首を縦に振る動作に会釈を混ぜることで、かろうじて返事の素振りができた。

結衣がテーブルに並べた食事は、ほとんどが野菜だった。ほかにヨーグルトとゆで卵が一個ずつ、バナナが一本。

テーブルにつくと結衣はいった。「しばらく学校を休んでいいって許可をもらったから、わたしが大学にいるあいだは、留守番しながら勉強してて」

伊桜里のなかに戸惑いが生じた。例の頼みを結衣がきいてくれるかどうか、それがいちばん気がかりだった。おずおずと伊桜里はきいた。「あのう……。結衣お姉ちゃんから教わりたいことが……」

「だから早起きしてる。トレーニングウェアも買っておいたから」

結衣の指さした先に、お揃いのジャージが折り畳んで置いてあった。伊桜里の心は思わず躍った。

食事を終えてから、ふたりで後片付けを済ませると、一緒に靴脱ぎ場へ向かった。伊桜里のスニーカーも用意されていた。結衣はスポーツバッグを肩にかけ、そっとドアを開け、廊下を確認してから滑りでた。伊桜里はマンションの屋上へといざなわれた。

まだ日の出前で薄暗い。鳥のさえずりがこだまする。結衣は屈伸を始めた。「同じようにして」

伊桜里は早くも萎縮《いしゅく》しそうになった。自分から望んではみたものの、体育の授業を思い起こさせる始まり。運動が苦手な伊桜里は不安を募らせた。

結衣は伊桜里の背後にまわり、身体に軽く手を添え、しっかり脚を伸ばすように指示してきた。腕立て伏せができるかどうかきいてくる。伊桜里は試してみたものの、結衣の求める姿勢では一回が限度だった。

自分のふがいなさに泣きそうになる。しかし結衣はまったく責めることなく、ふだんよりも穏やかな表情で見守ったのち、すぐに別の課題に移った。

「仰向《あおむ》けに寝て」と結衣はささやいた。「両手を頭の後ろで組んで、両足を浮かす。膝《ひざ》を直角に曲げて」

腹筋上部を鍛えるクランチというトレーニングらしいが、やはり数秒しか維持できない。両足の踵《かかと》だけをわずかに浮かす、腹筋下部に効くポーズも、いわれた体勢を一瞬とるだけでやっとだった。

結衣はまったく不機嫌にならなかった。「初めはできなくてかまわない。でもけさは正しいやり方を一秒だけ持続させるよう努力して。まちがった姿勢なら何分つづけても意味がない。正確な姿勢を身体がおぼえればいい」

そういいながら結衣はみずから横たわり、クランチを難なく繰りかえした。結衣はさらに上半身と両脚を同時に起こし、腹筋の力だけでV字の姿勢を保った。

一秒間だけ結衣とまったく同じ体勢になる、それだけを目標に伊桜里は努力しつづけた。難なくできそうで、じつはひとつの課題ごとに数分から十数分、じっくり指導を受ける必要があった。俯《うつぶ》せから両腕両脚を浮かせる背筋トレーニングもそうだった。それにヒンズースクワット、ジャンピングスクワット。結衣はスポーツバッグから片手で持てるサイズのダンベルをとりだした。いちばん軽い物だというが、伊桜里にとってはとんでもなく重い。それでも結衣にいわれたとおり、上腕二頭筋で肘《ひじ》を曲げながら持ちあげ、やはり一秒だけ体勢を維持する。次いで手首の力だけでダンベルを浮上させるようにいわれた。

伊桜里はやっとのことで課題をクリアし、ダンベルを足もとに戻した。たったこれだけでも汗びっしょりだった。ため息とともに伊桜里はたずねた。「毎日やってれば、結衣お姉ちゃんみたいに強くなれますか?」

結衣が静かな物言いで応じた。「伊桜里。わたしのなかにある悪い部分は、あなたに教えたくない。正当防衛ならやむをえないけど、意味もなく人命を奪うのは悪いことだと思う。だけど法で禁じられてることのすべてが、かならずしも悪いとは考えてない。必要悪はぜんぶ知っといたほうがいいってのが、わたしの意見。わかる？」

「……なんとなく」

「ふつうの親のもとに生まれていれば、罪をいっさい犯さず、品行方正に育ったかもしれない。でもそれじゃ通り魔にいきなり刺されたり、だまされて損をしたり、なにより不幸で損な生き方を強いられる。だから回避する知恵を授けたい。わたしが最も理想的と信じる生き方を身につけてほしい。それでいい？」

曖昧《あいまい》な部分もあるが、結衣が親身になってくれているのはわかる。伊桜里はうなずいた。「ぜんぶ結衣お姉ちゃんにまかせる」

「わかった」結衣はいきなり伊桜里を横抱き、すなわちお姫様抱っこにした。「なら、けさはクリアしておく課題がある」

抱きあげられた伊桜里が当惑をおぼえるうち、結衣はいきなり手すりへ駆けだした。軽く跳躍し、手すりに片足をかけると、さらに大きく飛んだ。

悲鳴を発することさえできない唐突な恐怖に見舞われる。強烈な風圧のなか、伊桜里は結衣にしがみつくしかなかった。屋上から建物の外に飛びだしたはずなのに、結衣がどこかに着地した。だが地面がある高さではないはずだ。

そこで結衣は伊桜里を下ろした。有無をいわせぬすばやい動作で、伊桜里をまっすぐに立たせる。スニーカーが硬い足もとを踏みしめている感覚があった。

次の瞬間、結衣は伊桜里のもとを離れ、また跳躍した。数メートル離れた場所に立つと、すんなりと振りかえった。

ぞっとする寒気にとらわれた。結衣はごく小さな足場に立っている。電柱のように細い塔のてっぺんだった。ということは……。

伊桜里はちらと足もとに目をやった。完全に下を向けたわけではない。けれども結衣とまったく同じ、もうひとつの足場に立っているのがわかった。七階の高さだった。周りにはつかまる物ひとつない。たちまち伊桜里は泡を食い、体勢を崩しそうになった。

結衣が声を張った。「まっすぐ立って！　この風なら煽《あお》られたりしない。いつも地面に立ってるのと同じようにしてれば、なんの問題も起きない」

せわしない鼓動が内耳に反響するのをきいた。心臓が張り裂けそうだ。呼吸もままならない。伊桜里の視野は涙に揺らぎだした。「だ、だけど、こんなの……」

「状況をよく考えて。ここはマンションの隣にある、ほぼ同じ高さのケータイ電波中継用の塔、その先端部四か所のうちの二か所。それぞれてっぺんの直径は五十センチもある。ふだんは立ってるだけで転んだりはしないでしょ」

「なんでこんなこと……。結衣お姉ちゃん、ひどい。怖いよ」

「しっ。公安の監視部屋からは見えない場所だけど、あまり大きな声をだすと気づかれる」

　自然に腰が引けてくる。そのせいで体勢が不安定になるが、あらためて背筋をまっすぐ伸ばすのは、とても無理に思えた。伊桜里は嘆いた。「怖い。助けて。結衣お姉ちゃん」

「きいて、伊桜里」結衣はあくまで冷静な声を響かせた。「走ったり跳んだりは、これから体力をつけていかなきゃ難しい。でもいま求められてるのは直立。克服すべきは高いところに感じる恐怖心だけ」

「お願い」伊桜里は必死に懇願した。「助けて。落ちちゃうよ」

「落ちない。そこはまっすぐに立てる場所。なのに不安感が可能を不可能にしてる。まっすぐ立って。伊桜里」

「できないよ……。怖い。落ちる。助けて」

「伊桜里。水平な足場を踏みしめてるのに、なんで落ちるの」

「揺れるかもしれない。地震が起きるかも」

「めったに起きないことは知ってるでしょ。この先の一分間に地震が発生するなんて、確率的にとても低い。だからひとまず起きないと仮定して、気持ちを直立することだけに向けるの」

絶えずめまいが襲う。膝の震えがとまらない。へっぴり腰になったまま、ふたたび身体を起こすことはかなわなくなった。手で足場をつかみたくなるが、そこまでしゃがむと体勢が崩れそうに思える。進退窮まりただ静止するしかない。伊桜里は泣きだした。「なにもできない。結衣お姉ちゃん、助けにきて」

「ねえ伊桜里。相模湖に飛び下りたときのこと、おぼえてる?」

「……やだ。思いだしたくない」

「耐えがたい苦しみから逃れたくて、生への執着を捨ててしまったんじゃなくて?」

「死んだ気になれって? 無理」

「そんなことはいってない。死んだ気になればなんでもできるってのは詭弁《きべん》。思考停止してるだけで危険きわまりない。状況からは目を逸《そ》らさないこと。伊桜里はいま地上二十メートルの高さに立ってる」

「なんで強調するの? よけいに怖い」

「怖いというだけで、みずから体勢を崩しつつある。ただまっすぐ立つだけでいいのに。誰でもできる」

「せ、生存者バイアス……ってやつじゃなくて？」

「そりゃ死人は口がきけないだろうし」

「無理無理無理無理。まっすぐ立つなんて無理だってば。バランスを崩しそう」

「さっき屋上では何度も寝たり立ったりしたでしょ。スクワットで腰を落としてから伸びあがったりもした。そこからまっすぐ立てないはずがない」

いわれてみればたしかにそうではある。物理的には可能だった。なのに身体がいうことをきかない。理由はなんだろう。運動神経は関係ない。ただ恐怖にとらわれているからだ。

いま結衣が教えようとしているのはそこにちがいない。怯《おび》えの感情がふだんできることをできなくする。克服しないかぎり勇気は持てない。そこまではわかっている。それでもなおまっすぐ立てない。

「伊桜里」結衣が呼びかけてきた。「怖けりゃやめてもいい。でもあんたは生きてかなきゃいけない。あんたを怖がらせる誰かが、いきなり同じ足場に立たされたら？そいつは慌てふためき、落ちそうだとわめく。でもあんたは落ちないと知ってたら？」

ふいに神経が研ぎ澄まされる気がした。雷にでも打たれたようだ。

あの悪臭を放つアパートの部屋にいた、ふたりの大人を思いだす。親などと認めたくもない。学校にも大勢のいじめっ子たちがいる。みなこの足場の上では恐怖にとらわれるだろう。ふだん伊桜里は乱暴者に刃向かえない。弱い自分にとって立ち向かうすべがないからだ。しかしここにいるとすれば平等だった。落ちれば死ぬ高いところ。誰もが怯えきり、伊桜里にかまっている暇もない。よって伊桜里に危害を加える者はひとりもいない。伊桜里はただ落ちなければいい。やるのはそれだけだ。まっすぐ立ってさえいれば落ちない……。

身体がふと軽くなる気がした。伊桜里は上半身を起こした。さっきまでの迷いが嘘のように、すんなりと直立の姿勢をとった。

背筋を伸ばすや結衣と目が合った。またも空中にいることを意識せざるをえない。だが伊桜里は動じなかった。万人の膝《ひざ》が震える状況。伊桜里はその例に当てはまらない。だから立っていられる。

結衣がつぶやいた。「思ったとおり」

「なにが……？」伊桜里はきいた。

「非常識の極みまで追い詰められれば恐怖を撥《は》ね除《の》けられる、そんな下地ができてる。

わたしもそうだった。幼少期にさんざんいたぶられて、いちど心が死んだ以上は」

姉のいわんとすることが理解できる気がした。身体能力に勝る他者を脅威に感じずに済むためには、横暴さが優劣をきめない場所に身を置き、ただ自分にできることを最大限にやるのみ。やれると信じることだ。狭い足場だろうがなんだろうが、まっすぐ立てる。恐怖のせいでそれを忘れるのなら、他者ではなく己に負けている。

自分の落ち着きぐあいに驚かされる。と同時に安堵《あんど》がひろがりだす。信じられない心境の変化だ。こんなにのっぴきならない状況なのに、ひとつの困難を乗り越えられた喜びを感じている。

そのときふいに一羽の鳥がまっすぐ飛んできた。ツバメが羽ばたきもせず、グライダーのように風に乗り、伊桜里めがけ突進してくる。思わず全身の血管が凍りつきそうになった。

だが結衣が跳躍した。猛然と空中を急速接近しつつ、結衣の片手がツバメを横方向に叩《はた》いた。弾《はじ》き飛ばされたツバメの行方を、伊桜里は目で追う暇もなく、また結衣に抱き締められた。狭い足場から飛びあがるや、身を切るような風圧に晒《さら》され、すぐに静止した。気づけば屋上に戻っていた。結衣は片膝をつき着地している。長い黒髪が微風になびいていた。

結衣にうながされ、伊桜里はまた自分の足で立った。いましがた起きたことが幻のように思える。ずっと屋上にいたかのようだ。

「見て」結衣が手すりの向こうを指さした。

マンションの傍らに四本の円柱が立つ。うち二本に伊桜里と結衣はさっきまで立っていた。あらためて眺めると、ぞっとせざるをえない。あんな狭い足場に飛び移り、しばらくたたずんでいたとは信じがたい。

平然と髪を掻《か》きあげながら結衣がいった。「わかったでしょ。高いところが怖くなるだけで、ひとつの力が備わる」

朝の陽射しを浴びるうち、伊桜里は光に包まれたような気分になった。なんの取り柄もなかった自分にとって、これは大きな変化にちがいない。いまはまだ怯えを完全に払拭《ふっしょく》しきれていないが、今後慣れていけるのなら。

けれどもかすかに不安がぶりかえしてくる。伊桜里は結衣を見つめた。「高所恐怖症じゃない人が襲ってきたらどうしよう」

「突き落とされる前に突き落とす」結衣は表情を変えずに応じた。「そこの練習は、順調なら来週の末ぐらいに」

11

二十四歳の庵崎恭壱は、歌舞伎町《かぶきちょう》にある雑居ビル、地階のバーにいた。カウンターしかない狭い店だが、内装はモダンでそれなりに凝っている。庵崎の座る椅子以外は空席ばかりだが、店長兼バーテンダーの中年男は、客のいりの悪さをぼやいたりしない。

バーというのは見せかけにすぎない。じつは庵崎が勤める武井戸《たけいど》建設の経営で、第三者に聞き耳を立てられる心配のない、極秘の打ち合わせの場として機能している。一般の客が訪ねてきても早々に追い払われる。

階段を駆け下りてくる靴音がきこえた。ドアが開き、十四歳の受け子、榎樫楊汰が飛びこんできた。

パーカーを着た楊汰が、息を切らしつつ隣に立った。「すいません。遅くなりました」

「おう。座れ」庵崎は一枚の紙をカウンターの上に滑らせた。「きょう巡回する場所のリストだ。赤い丸がついてる家は、年寄りが金を用意してまってる。おめえは黙って受けとりゃいい」

楊汰は椅子に腰かけた。「ジジババが一緒に来るといってきたときは？」

「なんだそりゃ。そんなことがあったんか」

「はい。金は渡すけど、ついていくって」

「玄関先で金はかならず受けとれ。そのうえで一緒にでようといいながら、ひとりで全力で逃げてこい。どうせ自転車だろ？」

「そうっす」

「緑の印は受け子じゃなく出し子としての仕事だ」庵崎は封筒を添えた。「キャッシュカードが七枚入ってる。どれも別々の銀行のATMコーナーで、そこに書いてある暗証番号を試せ。金を引きだせたらすぐに立ち去れ」

楊汰が封筒を受けとった。「はい」

「それとな」庵崎は小型の段ボール箱に入った荷物を、楊汰に押しやった。リュックサックにすっぽりおさまるサイズだった。「黄いろの印が一か所だけあるだろ。埼玉の入間《いるま》だ、ちょっと遠いから電車で行け。その家からは金をもらってくるんじゃなく、逆にこれを預けてこい」

「中身はなんスか」

現金の札束二千万円ぶんと、総額六億円相当の有価証券の束だった。むろんそのことは受け子の中坊に明かせない。庵崎はいった。「けっして開けようとするなよ。箱ごと家主にくれてやればいい。そのほか無印の住所は、例によってただ訪ねるだけでいい」

「とりあえず玄関にいれてもらって、喋《しゃべ》るだけでいいんスよね？」

「そうだ。屋根にボールが乗っちまったんで、なんとかできませんかってきけ。たいていババアが、主人が帰ってきたら相談しますとかほざきやがる。それだけで外にでりゃいい」

「……あの」楊汰が憔悴《しょうすい》のいろをのぞかせながらいった。「庵崎兄さん」

「なんだ？」

「これぜんぶ終わったら……。しばらく休みたいんスけど」

「理由は？　それなりにいい小遣いになってるだろ」

「そうなんスけど、ちょっといろいろしんどくなってきてて」

「わかった。そろそろおめえも家に帰らねえと、鈍感な親もさすがに心配して、警察に相談しちまうかもな。俺から社長に伝えといてやる」

「助かります」楊汰が微笑を浮かべ、小型段ボール箱をリュックにおさめた。リュックを背負いつつ踵《きびす》をかえす。「行ってきます」

「しっかり頼むぞ」庵崎は楊汰の後ろ姿を見送った。

ドアが閉じ、階段を上っていく靴音が響いた。これから楊汰は自転車を飛ばし、麻《あざ》布《ぶ》や松濤《しょうとう》、成城《せいじょう》に青葉台《あおばだい》を駆けめぐる。電車で埼玉や神奈川へも行く。一日がかりの重労働だが、用件のない家も多く訪問する。それらは所轄署員に目をつけられた場合の攪乱《かくらん》手段となる。受け子であることが発覚しても、ただひとつの肝心な届け先はけっしてバレない。

店長兼バーテンダーがグラスを拭《ふ》きながらつぶやいた。「たった一回きりのお届け業務ですか。あの少年はもう……」

「ああ。ここには姿を見せねえよ」庵崎はタバコの煙をくゆらせた。「太く短く生きるってのも悪くねえだろ。享年十四。あいつが自分で選んだ道だからよ」

12

伊桜里は結衣と一緒に暮らし始めて、もう数か月か、あるいは何年も経っているような気がしていた。なにより前と異なるのは、一日が非常に長いという感覚だった。

起きてから寝るまでにできることは無限にある。むしろいままで、どれだけ時間を無駄にしてきたかを痛感させられる。

一秒だけ保てばよかった体幹トレーニングの姿勢は、翌日には数秒まで伸びていた。その翌日にはさらに長く維持できた。結衣は最初にストレッチをじっくりやり、それから基礎体力づくりに入るが、全身の筋肉を順応させるのに最適の段取りにちがいないと感じた。伊桜里には自分でも驚くぐらいスタミナがついていった。ふつうの腕立て伏せだけでなく、両手をつく位置を肩幅より広くとるやり方も加えると、大胸筋が鍛えられるのを実感した。

結衣からは厚さ二センチの鉄製トレーを渡された。トレーにしては厚みと重量があり頑丈だが、奇妙にもあちこち凹《へこ》んでいる。平日の昼間、結衣が大学へ行っているあいだは、トレーの表面を両手の五本指で千回突くのが日課だった。突き方についても細かい指導があった。中指を緩く曲げ、人差し指と薬指もわずかに曲げることで、五本すべての先端《せんたん》を揃える。壁に打ちつけたトレーに、手首ではなく肘《ひじ》の力で突きを浴びせる。爪が割れそうになったら角度がちがう。フォームが正しければ前腕の内側が痛くなるといわれた。

トレー突きのおかげで指先が硬くなった。自分でつまんでみても、木彫りのように硬化していると感じる。早朝のトレーニングの腕立て伏せを、てのひらではなく指先だけでおこなえるようになる、結衣はそういった。半信半疑だったが、伊桜里がやってみると数回はこなせた。そんな指立て伏せの回数も日を追うごとに伸びていった。

キッチンで朝食の準備中に結衣が告げてきた。「刃渡り六センチの果物ナイフを持ってるだけで、銃刀法違反の疑いで職質を食らう。だから指先を刃物の代わりにしておくこと」

伊桜里は苦笑した。「そんなことはさすがに……」

言葉を吞《の》みこまざるをえない。結衣は煮てもいないジャガイモの皮を、指先をこすりつけ剝《む》いていたからだ。

実際あのトレーの凹みは、結衣の指先の突きによるものだとわかった。なぜなら伊桜里もトレーを突く訓練をつづけるうち、表面に新たな凹みができていったからだ。もう指先は鉄のように硬かった。気づけば指立て伏せも難なくこなせる。鏡に映る自分の姿が、どことなくアスリートっぽく、逞《たくま》しくなっているのを見てとった。

屋上での鍛錬に縄跳びが加わった。ロープスキッピングといって、片足ずつ交互にステップを踏みながらリズミカルに跳ぶ。前後左右斜めへのフットワークも結衣は自由自在だった。伊桜里は学びとろうと必死に模倣に努めた。

伊桜里とともに縄跳びをしながら結衣がいった。「北朝鮮でのできごとは、だいたいきのうまで話したとおり。どう思った?」

ロープが風を切る音のなかで伊桜里は応じた。「結衣お姉ちゃんの判断が正しかったのが半分、あとの半分は運がよかった」

「そのとおり。自分の想像を超える事態を、すぐありえないときめつけるようだと、高校事変が発生したら真っ先に死ぬ。たとえば感染症の流行で、報道なしには重大性に気づけず、自衛できないタイプがそれに当てはまる。伊桜里にはそうあってほしくない。運についての解釈も」

「どんな解釈が正しいの?」

「都合よすぎって概念を捨て去ること。九死に一生を得た経緯をきかされたとき、ご都合主義の作り話に思ってしまう人は、ふだんから運が悪すぎる。そのせいで運を信じきれていない」

「運を信じるのはいいけど、実際に自分の運が悪かったら?」

「心配ない。運に見放されてりゃ死ぬだけだから。ただ生きてるうちは運を信じつづける。それが死なない秘訣《ひけつ》。信じられなきゃ絶命の確率が十割にあがる」

縄跳びを高速回転させる手がふととまる。滲《にじ》んだ汗が吹きつける風に冷えてくる。

伊桜里は息を弾ませつったたずんだ。「結衣お姉ちゃん。死んだらどうなるの？」

「知るわけない。人の理解を超えてることだから、どうせ想像もつかない。生きてるうちに心配してもしょうがないし、死んでからはたぶん心配もできない」

「だよね……」

「なんでそんなことき くの」

伊桜里は思いのままをつぶやいた。「あの世はあるのかなって」

「この世だけでも充分ふしぎ」

「それもいえてる」

「奇跡にしか思えない現世がいまだに持続して、わたしもあんたも生きつづけてる時点で、運ってものの存在を充分に認めるべき。だから運を否定しちゃいけないの」

「でもなんだか……。自信が持てなくて」

「伊桜里。お金持ちの家に生まれて、わたしたち以上に幸せな暮らしをしてる人は、世のなかにたくさんいるでしょ。その人たちの運は？　当然ある。自分の運だけ認めないなんて、それは結局あきらめにつながり、死を早めるだけ」

「でも結衣お姉ちゃんがいろいろ乗りきってきたのは、運以外にも理由があるよね」

結衣は身をかがめ、スポーツバッグのなかをまさぐりだした。「わたしたちの父親は、ろくでもないことばかり知ってた。兄弟姉妹のなかで年長組は、それらの知識を無理やり押しつけられてきた。たとえばこれ。なんに見える？」

取りだされたノートのページを開く。直径二センチぐらいの円が描かれていた。円内は真っ黒に塗り潰《つぶ》してある。

伊桜里は答えた。「黒い丸」

ページが繰られた。結衣がまたきいた。「これは？」

わずかに縦方向に伸びた楕円《だえん》になっている。伊桜里は印象を口にした。「数字の0みたいなかたち」

「当たり」結衣はノートを投げ落とすと、すばやくなにかを新たにつかみあげた。なんと拳銃《けんじゅう》のようだった。銃口がまっすぐ伊桜里に向けられる。

息を呑む暇もあたえず、結衣がトリガーを引き絞った。鈍い音が鳴り響き、伊桜里の全身はピンクいろの粉だらけになった。

「ちょ……」伊桜里は啞然《あぜん》とした。ジャージが粉末にまみれている。たぶん顔じゅうが同じありさまだろう。軽くむせながら伊桜里は抗議した。「ひどい」

結衣はあきれ顔で拳銃をさげた。「改造エアガンで撃てる粉末弾の初速は秒速百メートル。本物の拳銃で撃つ実弾は、小口径でも秒速三百メートルから四百メートル。

これを食らうようじゃ死んでる」

「どうしろって？　いきなり撃たれちゃどうしようもないし」

「そうでもない」結衣はまたノートを手にとり開いた。「最初に見せたのは正円。まっすぐ自分に銃口が向いてる。この場合は撃たれる。縦に長い楕円なら、銃口は横に逸《そ》れてる。二枚目の絵がそう。十五度わきを向いてるときの銃口。これ以上細ければ弾に当たらない」

「……細くなかったら？」

「横跳び。ロープスキッピングでフットワーク鍛えてるでしょ。縦長の楕円に見える位置へすかさず動く」

「そんなの無茶……」

　また鈍い音が響き、伊桜里はより濃く粉をかぶった。全身をピンク一色に染めた伊桜里は、ただ茫然《ぼうぜん》と立ち尽くした。結衣の銃口が向けられているのは、直後に見てとれた。なるほど、正円だね。伊桜里はぼんやりとそう思った。

13

株式会社武井戸建設の社長室は豪華だった。悪趣味にならないよう、妻の意見を参考にロココ調にした。派手でレトロなヨーロピアン風で、おおげさにいえば、まるで中世の宮殿か古城風だ。金の刺繍《ししゅう》いりの壁紙や、繊細な彫刻の回り縁と腰板、天井から下がるシャンデリアも煌《きら》びやかで好ましい。

装飾過多なマホガニーのデスクが、部屋の中央に据えられている。五十七歳の塘爾《とうじ》行宗《ゆきむね》は老眼鏡をかけ、黒革張りの肘掛け椅子におさまっていた。傍らに立つ会計士が書類を一枚ずつ寄越《よこ》してくる。塘爾はそれらに目を通した。

売上高は過去最高だった。しかも税務上けっしてあきらかにならない裏帳簿だ。表向きの建設業では、ずっと赤字がつづいている。そもそもまともな建築物を手がけたりはしない。重機は人を埋めるために所有するにすぎない。たまにハウスメーカーから工事を依頼されるが、費用を抜きまくった欠陥住宅を押しつけ、さっさと連絡を絶つのが常だ。訴えられるのはハウスメーカーであって、こちらに火の粉は飛ばない。そうなる前にハウスメーカーの責任者が消えるからだ。

オレオレ詐欺、預貯金詐欺、キャッシュカード窃取。架空料金請求詐欺、還付金詐欺、融資保証金詐欺。中古車販売業は店舗前に除草剤を撒き、街路樹を腐らせ、商品を見やすくする。すべてが面白いほどに儲《もう》かる。家に多額の現金があると判明した場合は、急襲部隊に家族を丸ごと始末させ、財産のすべてを奪う。乱暴なやり方がやたら成功しまくる。警察を気にせずに済むがゆえだ。

ＥＬ累次体のメンバーとつながった反社組織は、司法の目を逃れられる、そんな絶大な恩恵をこうむる。所轄レベルには従来どおり厄介な捜査員もいたりするが、ほどなく上からの圧力で握り潰される。受け子や出し子には、はぐれ者の未成年ばかりを雇用しているし、逮捕されてもトカゲの尻尾《しっぽ》切りにするだけだ。組織としての純利益はうなぎ登りだった。

むろん代償は少なからず支払っている。武井戸建設の儲けとは無関係に、ＥＬ累次体が依頼してくる犯罪は、かならず実行する義務がある。たいてい極左政治家や活動家、行政の大物、大手商社の重役などを標的とする暗殺だ。ほかにも公共施設の破壊や、故意に交通事故を起こすなど、仕事は多岐にわたる。どうやらＥＬ累次体のイデオロギー実現や、国内経済の混乱に目的があるらしいが、武井戸建設の塘爾社長にとっては関心の対象外だった。いわれたとおりにやればいい。

ＥＬ累次体がどんな組織なのか、なにをめざしているかは知ったことではない。警察をもねじ伏せられる以上、国家的な後ろ盾があるにちがいないが、団体としての存在自体が公になっていない。なんにせよ武井戸建設は、ＥＬ累次体の一員とつながりを持って以降、犯罪が無条件に許されるフリーパスを得た。反社にとってこれほど喜ばしい状況はない。

下請け仕事はさして困難でもないが、問題はEL累次体が求めてくる寄付だ。寄付とは名ばかりで、事実上の上納金だった。これこそ頭が痛い。犯罪により得た収益を、律儀に帳簿にまとめねばならないのは、EL累次体が歩合を要求してくるからだ。

どんな団体であれ活動資金は必要になる。EL累次体とは今後も持ちつ持たれつの関係がつづくのだろう。とはいえこれ以上、請求額の増大は受けいれがたい。

ドアが開いた。入室してきたのは二十代の若者だった。長めに伸ばした茶髪にライダースジャケット、クロムハーツを身につけている。庵崎恭壱がぶらりとデスクに近づいてきた。

庵崎がきいた。「帳簿ですか」

「ああ」塘爾は書類を放りだし、隣の会計士に告げた。「計算は合ってる。EL累次体への次回の寄付金は、いつもの算出方法で割りだせ」

会計士は廣末《ひろすえ》という三十代の男性だった。廣末は当惑ぎみにいった。「算出方法ですが……。EL累次体から歩合を五十七パーセントに増やすよう連絡がありまして」

「なに⁉」塘爾は思わず頓狂《とんきょう》な声を発した。「五十七？　半分以上をせしめる気か」

「はい……」

「馬鹿いうな。うちは奴らのために危ない橋を渡ってるんだぞ。金にもならん殺しや破壊を手がけてる。なのにうちの稼ぎから五十七パーセントだと？」

「社長」庵崎がデスクに両手をついた。「妙ですよ。なんで急に値上げしてきたんでしょう」

「さあな」塘爾は憤懣《ふんまん》やるかたない思いとともに、椅子の背に身をあずけた。「噂では、ついこのあいだの女子高生連続失踪《しっそう》事件な。少子化対策担当大臣が奥多摩《おくたま》に十代の女ばかり攫《さら》って、共犯の医師が片っ端から妊娠させてたやつだ。あれはEL累次体のしわざだったらしい」

「何台もの戦車を隠してたカルト集団だったとか。あんな物騒なことをしでかす奴らですか」

「犯罪計画が頓挫《とんざ》して、赤字が膨れあがった可能性が高い。皺寄《しわよ》せは俺たちだ。EL累次体のメンバーには、それぞれ下請け仕事をまわす反社組織がいるんだろう。そのうちのひとつ、俺たちも搾取の対象になる」

「突っぱねたら？　正体をバラしてやると脅せば……」

「おい！」塘爾は思わず身を乗りだした。「めったなことを口にするもんじゃねえ！

奴らは狂気の権力者集団だ。警察までコントロールできるんだぞ。太刀打ちできるはずがあるか」

「ああ」庵崎がばつの悪そうな顔になった。「そうでした……。すみません、つい」

塘爾が知るＥＬ累次体メンバーは一名だけだ。その素性を知る者はかぎられている。社内でも重要な役割を担う数人のみの極秘情報だった。正体はけっして明かせない。たとえ拷問されようとも自白はできなかった。ＥＬ累次体を怒らせてはまずい。たちまち身内全員が凶悪犯とみなされ、警察に逮捕されたのち、死刑判決を受け即執行となってしまう。ＥＬ累次体に楯突《たてつ》き、そんな憂き目に遭った反社組織を、塘爾も庵崎も知っていた。

下請けは絶対の忠誠を誓わされる。ＥＬ累次体の一員の正体は、常に全力で隠さねばならない。寄付という名目の上納金を払う際にも、銀行振込にしたのでは証拠が残る。安易な手渡しも不可能だ。絶対に外部の人間が追跡できないようなアプローチが必須《ひっす》とされる。

庵崎が真顔でささやいた。「社長。でもうちもかなり稼いだはずですよね？　充分な資金力があるでしょう。そろそろ独立を考えては……？」

「よせ。いい加減にしないか」

だが会計士の廣末も説得に加わってきた。「僭越《せんえつ》ながら私からも……。この歩合では利益が大幅に減少します。一方で弊社の隠し資産は途方もなく膨れあがっています。EL累次体とつながった恩恵は充分にありましたが、もう潮時ではないかと」

塘爾のなかに鈍い感触が生じた。たしかに決別もありうるかもしれない。危険と隣り合わせなのは、この稼業では百も承知だ。暴力団や武装半グレとの抗争なら経験してきた。今後の関係を絶てるとすれば賭《か》けてみる価値はある。

塘爾は小声できいた。「どうやって独立する?」

廣末が前かがみになった。「EL累次体が財務上の問題を抱えているとすれば、いまこそ手を切るチャンスです。弊社がつながりを持つ、例のEL累次体メンバーを……。その、抹殺してしまえば、これ以上干渉してくる余裕も向こうにはないかと」

「あのお方の暗殺は難しい」

庵崎がいった。「社長。無理ではありませんよ」

無言のうちに視線がぶつかりあう。庵崎の考えはおそらく自分と同じだろう、塘爾はそう思った。方法がひとつだけある。ほかには考えられない。EL累次体からの独立を果たすため、その一員であるあのお方を殺害する。

ドアをノックする音がした。塘爾は思わずびくっとした。苛立《いらだ》ちとともに塘爾はきいた。「誰だ」

開いたドアの向こうには、急襲部隊のリーダー格、髭面《ひげづら》で大柄な堂森剛史《どうもりつよし》がいた。半袖《はんそで》黒シャツから逞《たくま》しい二の腕がのぞく。堂森が軽く頭をさげた。「失礼します。庵崎、受け子の楊汰が来た」

ほかにも急襲部隊の屈強な面々が、目出し帽なしでわらわらと室内に散るなか、痩《や》せた少年が臆《おく》したようすで入ってきた。十四歳の受け子、榎樫楊汰が庵崎を見つめた。「庵崎兄さん」楊汰が青ざめた顔で不安げに告げてきた。「バイト代、もらいにきたんですけど……」

「あー」庵崎が腕組みをしデスクに寄りかかった。「そうだな。今回もちゃんと働いてもらった。バイト代を払わなくちゃだな。最後のイベントにつきあってくれ」

楊汰の顔がこわばった。「イベント……って？」

だしぬけに堂森が背後からポリ袋を楊汰の頭部にかぶせた。楊汰は首から上をすっぽりと覆われた。息苦しさに暴れる楊汰の身体に、急襲部隊のほかの連中が、特大サイズのビニール袋をかぶせる。手慣れたものだった。楊汰の全身はビニール袋におさまった。袋の口は縛るのではなく、樹脂製の留具で締め上げた。酸素はいっさい入らず密閉される。

ビニール袋のなかで楊汰が必死の形相で抵抗している。袋全体が膨張と収縮を繰りかえすうち、楊汰の動きが緩慢になってきた。二酸化炭素の濃度が急上昇したからだろう。ビニール袋の内側も曇ってきた。やがて楊汰はへたりこみ、袋ごと床に横たわった。

堂森ら急襲部隊の面々が楊汰を囲んだ。唐突に集団リンチが始まった。袋の上から殴る蹴《け》るの暴行を容赦なく浴びせる。通常のビニール袋は厚さが〇・〇四ミリていどだが、これは土砂運搬すら可能な強度を誇る、厚さ二ミリほどの特別仕様だった。めったなことでは破れない。

塘爾の趣味は料理だった。塩胡椒《しおこしょう》で下味をつけた肉を、ポリ袋にいれたのち麺棒《めんぼう》で叩《たた》きまくり、ほぐしながら広げていく。いつもそんなふうに肉を仕込む。いま楊汰のありさまはそれを彷彿《ほうふつ》させる。ビニール袋の底に大量の血が溜《た》まりだした。楊汰はもうぐったりとしている。骨も砕かれたのか、首が妙な方向に折れ曲がっていた。絶命はあきらかだった。

庵崎がくわえタバコに火をつけた。「堂森さん、もういいよ。捨ててきてください」

「あいよ」堂森らがビニール袋をひきずっていく。濁った液体のなかに死体が浮かんでいる。それがドアの向こうに消えていった。

「さて」塘爾はため息をついた。「また新しい受け子が必要だな。それも今度は重要な仕事がある」

「まかせてください」庵崎がにやりとしながら煙を吹きあげた。「最適の捨て石を選びますよ。小娘がいいでしょう。受け子ですからね。気弱で脆弱《ぜいじゃく》で、社会から除《の》け者にされた女子中学生あたりがふさわしいかと」

14

伊桜里が学校を休んでいるあいだ、授業の遅れを取り戻すために、結衣は家庭教師もしてくれた。

もともと養子縁組の両親が、高校の学費を払う意思はないと断言していたため、伊桜里は進学をあきらめていた。しかし結衣は、まだ進路をきめるまで時間的余裕があるといい、受験前提の勉強を勧めてきた。

結衣の指導は効率重視だった。一年と二年の教科書も机の上に並べ、基礎的な知識や解法については、学年を越え次々と網羅していく。逆に学習の必要なしとみなした箇所は、章まるごといっさい読むのを禁じた。体幹トレーニングに似て、同じ問題集の同じページを繰りかえし活用し、まちがった問題に何度となく取り組ませた。結衣の説明はいつもわかりやすく、無駄も徹底的に省いているため、学習がどんどん進んだ。おそらく二学期の終わりに習うところまで、たった数週間で済ませてしまった。

勉強は学校の教科だけにかぎらない。優莉家独自の学習要綱があると結衣はいった。テキストとして用いられるのは、友里佐知子が往年にまとめた犯罪計画ファイル。結衣によれば東京湾観音の地下で、大量の銃器とともに発見したらしい。

ダイニングテーブルを挟んで結衣が出題してきた。「国家転覆テロを起こすとして、どれを真っ先に爆破するか。兵器工場、燃料貯蔵庫、兵員宿舎、セメント工場、ゴム精製工場、コンピューター施設、レーダー基地、発電所」

伊桜里は答えた。「発電所……かな」

結衣は首を横に振った。「警備が堅い。実現性とメリットの双方で考慮すれば、ゴム精製工場が正解。タイヤが供給不足になれば軍事防御力は著しく減退する」

「爆破って、爆弾が要るでしょ？」

「なければロウソクと紙で即席の時限着火装置を作れる。紙をこよりのようにねじって紐《ひも》状にして、ロウソクの下のほうに結ぶ。もう一端は地下室に多くある油性の廃棄物に垂れさせておく。二十センチのロウソクなら着火後、四時間も経ってから紙の紐に燃え移る。アリバイ工作をするには充分すぎる時間」

「油性の廃棄物がなかったら……」

「機械の燃料タンクからガソリンは容易に抜けないけど、たいてい給油口は開けられる。蜂蜜《はちみつ》か砂糖か砂、消しゴムを放りこめば、配管が詰まってエンジン部分からガソリン漏れが起きる。ゴムチューブがある場合はベンジン、水酸化ナトリウム、ガラス片を投入すれば破断しやすくなる」

「火の気がいっさいない施設だったらどうすれば？」

「髪の毛を紙に包んで固く丸めた物を、大量にトイレに流せば、下水管が詰まって大騒ぎになる。施設の機能は著しく低下する。工場の場合は機械を破壊すれば、実質的に生産能力を失う。潤滑系にオイルでなく、塩酸を二割含む洗浄剤を流しこめば、ひと晩で錆《さび》がひろがって、精密機器の製造は不可能になる」

「……いじめてくる女子をやっつけるには？」

結衣が無言で見つめてきた。伊桜里は動じず結衣を見かえした。

やがて結衣は仏頂面のままテキストに目を落とした。「いい質問。いつまでも優等生のまま、虫も傷つけたくないとか戯言《たわごと》を吐いてたら、マンションから叩きだすところだった」

「虫は傷つけたくない。でもいじめっ子はちがう」

「いちばん簡単な方法は、その子の持ってるポーチの化粧品に、アルカリ性洗剤を混ぜておく。たちまち肌が爛《ただ》れる」

伊桜里のなかに戸惑いが生じた。「そんな方法、結衣お姉ちゃんは使うの?」

「わたし? やらない。真正面から叩きのめす。スマホカメラで撮影される隙もあたえないほどすばやく」

「そっちを教えてほしい」

「オッケー」結衣は微笑とともにテキストを放りだした。「学科はこれまで。屋上で体育の時間」

運動が苦手だったころが嘘のように、伊桜里の心は躍った。「まってました」

結衣は大学に行くだけでなく、みずからの筋トレと伊桜里の家庭教師のほか、あらゆることをこなす。料理の買いだしも伊桜里と一緒に行くし、食事も作る。大忙しに思えるがそうでもない。ひとつの作業を終えるのが速いため、余暇もちゃんとあるようだ。結衣はK-POP専門チャンネルのエムネットに嵌《は》まっていて、しかも本国と同時放送の字幕のない番組も、ちゃんと音声を聴き取っている。ほかにはアベマの恋愛リアリティーショーを、わりと真剣に観る。台本としか思えないような展開でも、結衣は真面目に受けとっているのか、番組参加者の心理について分析を口にしたりする。

日曜の昼下がり、伊桜里がダイニングテーブルで勉強していると、隣のリビングで結衣がテレビに見いりだした。画面にはいつもの陳腐な恋愛沙汰《ざた》が映っている。

伊桜里は立ちあがり、結衣に歩み寄った。「あのう。結衣お姉ちゃん。きいてもいい？」

「なに？」

「それさ……。本気にしてる？」

「してない」

「ならなんで観てるの？」

「……人間模様がいい味だしてる。なんとなく観ちゃう感じ」

「ふうん……」

そういえば結衣はずっと伊桜里のことにかかりきりだった。大学の友達と会ったりはしていない。そもそも友達はいるのだろうか。優莉という苗字《みょうじ》では難儀するにちがいない、伊桜里にもそれぐらいは想像がついた。しかし大学生活について深くたずねるのは気が引けた。結衣もそんな会話は望んでいないだろう。

ふいに結衣が振りかえった。瞬《まばた》きするあいだに、もうこちらに向き直っている、それぐらいのすばやさだった。左手にエアガンが握りしめられていた。

以前ならびくつくどころか、無反応のうちにトリガーを引かれていた。いまは銃口の形状のみならず、結衣の人差し指の動きまではっきりと見てとれた。銃口は正円。手の関節の突起部分が張りだすタイミングで、トリガーが引き絞られると判断がつく。発射の瞬間、伊桜里は横っ跳びに避《よ》けた。背後の壁一面がピンクいろの粉末に染まった。

しかしその一発は、結衣が次の行動を起こすための目眩《めくら》ましにすぎない、伊桜里はそこまで理解していた。結衣は身体を起こし、逆手に握った出刃包丁で突いてきた。もちろん結衣は伊桜里を刺し貫いたりはせず、いつも刃の先を寸止めする。その状況に至らしめられたら、訓練の上では伊桜里の死と敗北を意味する。よってそれより早く対処せねばならない。

伊桜里は身を翻しつつ、右手の三本指で側面から刃をしたたかに打った。中指を微妙に曲げ、人差し指と薬指に長さを揃えたうえで、指先を三角形に隙間なく固めた。狭い面積に一点集中すれば、打撃の威力を増大できる。

包丁の刃は弾《はじ》けるように折れた。横方向から加わる力には弱いからだ。刃の先が勢いよく飛び、壁に突き刺さった。

「悪くない」結衣は息ひとつ乱れていなかった。「前にもいったけど、家にあって銃刀法違反にひっかからない汎用《はんよう》武器は、出刃包丁かバールぐらい。使いこなせるようになっておくのと同時に、それらで襲いかかられたときにも、すばやく対処できるようにしとく」

伊桜里は多少得意げになった。「狙うのは裏すきの真んなかだよね。ちゃんととらえた」

「素人の不良かチンピラていどなら、いまぐらいの速度で充分。でもプロならもっと速い。ひきつづき腕を磨かないと」結衣は壁に目を向けた。「さて……。また掃除しなきゃ」

雑巾《ぞうきん》のかけすぎで壁紙があちこち剝《は》がれてきている。伊桜里は微笑してみせた。「次はもう貼り替えなきゃっていってたよね」

「そうだったね」結衣はため息とともに頭を掻《か》いた。「ホームセンターへ行こうか」

「やった。着替えてくる」伊桜里は脱衣室に駆けていった。

ナムからプレゼントされた、お洒落《しゃれ》な服に着替えられる日曜が好きだった。結衣と一緒にでかけられるのも嬉《うれ》しくてたまらない。ふたりでマンションをでて、徒歩で幹線道路沿いにあるコーナンへ向かうことにする。

下りエレベーターのなかで、なぜか結衣が指示してきた。「わたしが髪を掻きあげたら、声をださずに〝お江戸〟といって」

「なんで？」

「いいから。〝お江戸〟って口の動きだけしてくれればいい」

マンションのエントランスをでると、スーツがわらわらと近づいてきた。公安の刑事たちだった。顔を合わせるのはこれが初めてではない。西峰といういちばんの強面《こわもて》の名も、伊桜里は把握していた。

西峰が伊桜里を一瞥《いちべつ》したのち、結衣に向き直った。「おでかけか」

結衣は表情を変えなかった。「同行するなら帰り道、重い物を持ってくれると助かる」

「一時保護者として認められたが、養子縁組を結んだわけでも、本当の里親になったわけでもない。いずれまた施設が引き取るだろう。それまでに悪い影響をあたえないようにな」

「悪い影響って？」

「自分がいちばんよくわかってるだろう」

「さあ」

「以前の凶悪犯罪はみんな、そっくりの見た目の智沙子のしわざだったといいたいか？　公安は鵜呑《うの》みにしちゃいない」

「伊桜里は品行方正に育ってる」

西峰の視線が伊桜里に向いた。「本当か？」

結衣が髪を掻きあげた。伊桜里は声をださず、お江戸、そういった。

すると結衣が腹話術で声をアテてきた。「どけよ」

口の動きがリアルに一致していたせいか、西峰のほか刑事らがぎょっとした。だが次の瞬間には、声質から腹話術だと気づいたらしく、西峰たちは苦々しげな表情になった。伊桜里は思わず噴きだしながら結衣を見た。結衣の澄まし顔はあきらかに笑いをこらえていた。

伊桜里は結衣とともに路上を歩きだした。からかわれた刑事たちは、むっとしながらも距離を置き、尾行に入ったようすだった。結衣がかまわず歩を速める。伊桜里もそれに倣った。

千代田区も外れになると下町の風情がある。賑《にぎ》やかな商店街を抜けつつ伊桜里はきいた。「自分の身を守れるようになったら、誰かほかの人に手を貸してあげてもいいの？」

結衣は足をとめた。視線を向けた先には、店舗の入っていない空きテナントがあり、UFOキャッチャー数台が設置されている。幼稚園児ぐらいの姉妹と思われるふたりが、大きなミッキーマウスのぬいぐるみを取ろうと奮闘中だった。母親はすぐ近くにいるが、知り合いらしき同世代の女性と、お喋《しゃべ》りに夢中のようだ。

妹らしき女児が半泣き声でうったえた。「とれない……」

姉とおぼしきほうも嘆いた。「あと一回しかできない。お母さん」

母親は見向きもしない。すると結衣が足ばやに近づいた。「とってあげようか」

ふたりの女児はほぼ同時に声を発した。「ほんとに？」

手を伸ばした結衣の操作は、ほんの数秒だった。ふたつのボタンをつづけて押し、クレーンが下降し始めたときには、結衣はもうUFOキャッチャーに背を向けていた。伊桜里のもとに戻ってくる結衣の後ろ姿を、ふたりの女児が呆気《あつけ》にとられながら見送る。

妹らしきほうがUFOキャッチャーに向き直り、黄いろい声をあげた。ぬいぐるみがみごと持ちあがり、獲得口に落とされた。ふたりが手をとりあって大はしゃぎすると、母親が目を丸くし振りかえった。

結衣が目配せしてから歩きだした。伊桜里は歩調を合わせながら笑った。結衣の回答はいつも明確で、しかも実践をともなう。器用で常に自信たっぷりだ。景品をとれなかったらどうしたのか、そんなふうにたずねる気にはなれない。結衣の答えはあきらかだ。自分の腕と運を信じない人間は死ぬ。

15

結衣は伊桜里が就寝した夜半過ぎ、マンションの部屋をひとり抜けだした。

公安はこざかしいことに、屋上に遠隔監視カメラを仕掛けた。結衣はとっくにその事実に気づいていた。向かいのマンションとは逆側、最上階の壁面に開いたダクトの出口、ルーバー付きの蓋《ふた》を慎重に外す。そこから抜けだせば、あとは換気扇カバーや雨樋《あまどい》、窓枠をつたってゆっくり下りていける。二十メートルの高さからの下降であっても問題はない。ボルダリングのクライムダウンにくらべ、つかめるところや足場が等間隔にあるのもありがたい。自然の岩壁ならこうはいかない。

デニムサロペットにスニーカーという、わざとラフな服装でかけたのは、むろん深夜の買い物のようなさまを装うためだった。実際には自転車にまたがるや、わりと長距離を疾走していった。夜中だけにどこも混んではいない。千代田区の反対側の端に達するまで、さして時間も要さなかった。

タワーマンションのオートロック式エントランスは、帰宅する住人に歩調を合わせれば難なく通過できる。怪しまれないのは十代の女の特権だった。都心だけに午前一時過ぎでも、エントランス前にタクシーが乗りつけられるため、コバンザメする住人にも不自由しない。周りに人目がないのも歓迎できる。ここの防犯カメラについては、いまからの訪問内容を考慮すれば、映ることをさほど気にする必要もない。

エレベーターで最上階まで昇った。屋上へつづくドアに手製バンプキーを挿しこみ、靴の踵《かかと》でひと蹴《け》りし解錠した。階段を駆け上り屋上にでる。高さ約百メートルだけに夜風が強く吹きつけてくる。屋上の暗がりのなか、結衣は手すりを乗り越え、眼下のバルコニーに飛び移った。そこから手すりを鉄棒の要領で前転し、さらに下のバルコニーへと飛び下りる。同じ動作を三度繰りかえす。三十階にある3012号室のバルコニーに降り立った。サッシ窓の向こうは遮光カーテンに閉ざされていた。うっすら明かりが漏れている。結衣は窓ガラスを軽くノックした。

息を呑むような反応が感じられる。かすかな物音が響いてきた。そのうち窓が解錠され、勢いよく横滑りに開け放たれた。

灰いろの髪の生え際は後退していて、広い面積の額に無数の横皺《よこじわ》が波打つ。厳《いか》めしい顔つきの五十代、坂東志郎《ばんどうしろう》はパジャマ姿ではなく、ワイシャツにスラックスを身につけていた。夜中に飛び起きることを想定し、この服装のまま寝るのかもしれない。

両手で油断なく構えるオートマチック拳銃《けんじゅう》は、シグ・ザウエルP320。向けられた銃口が縦長の楕円《だえん》を描いているうちに、結衣はすばやく左手の人差し指を繰りだし、グリップのセーフティをかけた。これでトリガーは引けなくなる。

坂東はぎょっとし凍りついた。目を瞬《しばた》かせながら見下ろしてくる。うわずった坂東の声が響き渡った。「優莉結衣か。おい。どうやってここに来た？」

結衣はバルコニーで立ちあがると、さっさと部屋に入った。「拳銃を自宅に持ち帰ってるんですか」

「許可は得てる。大きな事件が尾を引いてるからな」坂東が苛立《いらだ》たしげに追いかけてきた。室内で行く手にまわりこみ、坂東は小声で抗議してきた。「家族が寝てるんだ。住居侵入で逮捕するぞ」

六畳一間は坂東の書斎だった。デスクのほかに仮眠用のソファもある。散らばった書類は捜査資料だとわかる。奥多摩の地図が目に入った。雑木林と戦車の残骸《ざんがい》の写真もある。

結衣は部屋の真んなかに立った。「凜香は見逃してくれたでしょ」

「きみら姉妹の凶悪犯罪を黙認するようになったと思ったら大まちがいだ」坂東は壁に吊《つ》るしたホルスターに拳銃を戻しかけた。しかし結衣に奪われることを懸念したのだろう、拳銃を腰の後ろにまわし、スラックスのベルトの下に挿しこんだ。「俺は後悔にさいなまれる日々を送ってる。未成年女子ふたりの大量殺人をまのあたりにしながら、上への報告を怠る自分が腹立たしい」

未成年女子ふたりとは凜香と瑠那のことだ。結衣はいった。「ＥＬ累次体が国家機関の隅々まで浸食して、司法がきちんと機能するとは思えない以上、告発を控えざるをえないでしょう」

「まあな。凜香や瑠那を留置場に収容したら、それこそ命の危険に晒《さら》されかねん」坂東はじろりと睨《にら》みつけてきた。「なにか知ってることはあるのか？　ＥＬ累次体について」

「いいえ。凜香から名称を伝えきいただけです。だから詳しく教わりに来ました」

「それで人ん家《ち》のバルコニーに入りこんだのか？　よく公安を撒《ま》けたな」

「課長さん。自宅に拳銃を持ち帰って、夜中にもその服装で警戒しつづけるのは、Ｅ

L累次体の襲撃を恐れてるからですよね？　警視庁捜査一課はまだあっちに染まってないと考えていいですか？」

「むろんだ。捜査一課は最後の砦《とりで》だ」坂東は苦々しげに吐き捨てたが、ほどなくため息まじりにつぶやいた。「きみも大学生になったんだろ。おとなしくしてればいいものを」

「妹ふたりがご迷惑をおかけしたので」

「姉のきみも私に迷惑をかけてるぞ」

「十代の女の子が大勢犠牲になりました。矢幡前総理が国内平和の実現に心血を注ぐと、公約に掲げた直後にです。その矢幡さんもどこへ行ったかわからない」

坂東は唸《うな》った。「矢幡前総理だが……。EL累次体の首謀者との噂もある」

「……本気でそう思ってるんですか」

「いや。考えられん話だ」坂東がじれったそうに頭を掻《か》いた。「だが各方面から複数の証言がある。明治憲法と富国強兵政策の時代への回帰を理想とし、そのためには流血の革命も辞さないとする結社。それがEL累次体で、矢幡前総理が音頭を取っていた。思想に賛同する現職の政治家らも多く参加し、浜管《はますが》少子化対策担当大臣はそのひとりだったと」

矢幡前総理は周辺国から極右とみなされることも多かった。強い日本をめざす姿勢が警戒されたのは事実だろう。憲法九条改正に腐心していたことも、よく議論の対象になった。

けれども矢幡前総理がEL累次体を率いているはずがない。結衣は首を横に振った。

「少子化対策のために女子高生を集団誘拐して妊娠させる？　恒星天球教《こうせいてんきゅう》の研究まで持ちだして胎児の脳をいじる？　矢幡さんだなんてありえない」

「きみは武蔵小杉高校で矢幡前総理と長く一緒にいたな？　ひっかかる言葉を耳にしなかったか」

馬鹿馬鹿しいと結衣は思った。「わたしが全身骨折で身動きできなかった病室に、矢幡さんはお見舞いに来ました。ふたりきりだったし、あの人がEL累次体のリーダーなら、わたしを生かしとくはずもない」

「そうともかぎらない。矢幡前総理はきみを取りこみたかったのかもしれん。もともとEL累次体は、シビック政変のような事態を防ぐため、強い日本に戻ろうというムーブメントを糧にしてる。架禱斗を殺害した結衣とはつるむ価値がある」

「腰の後ろに拳銃を挿してるだけじゃ、安全じゃないのはわかりますよね」

坂東は眉《まゆ》をひそめた。「それは脅しか？　私はきみの敵対者じゃないぞ。ただ客観的なものの見方を口にしてる。世間も架禱斗のことがきっかけで、優莉匡太の子供たちをまた脅威とみなしてる。矢幡前総理がEL累次体を束ねる存在なら、きみも一派に加わってるのではと疑われる。ちがうならちがうといってくれ。なぜはっきり否定しない？」

大人に向ける言葉など、取るに足らないものとしか受けとられないからだ。高校生までずっとそんな感覚とともに育ってきた。だが結衣も十八になった。法律上は成人している。いつまでも大人という存在を敵視するばかりではいられないだろう。

結衣は坂東を見つめた。「わたしをEL累次体だと思いますか」

坂東がじっと見かえした。「もちろん思わん。きみがいなかったら、私は妻子とともに印旛《いんば》沼《ぬま》に沈んどる」

「妹の凜香が粗相を」

「粗相だ？　一家三人が溺死《できし》させられるところだったんだぞ」

「そんな凜香の罪を見逃すとは心が広い」

「巨悪を前に協力せざるをえなかっただけだ。未成年の銃器犯罪は、本来なら見過ごせん。司法がまともな状態に戻ったら告発も辞さん」坂東は言葉を切った。難しい顔に躊躇《ちゅうちょ》のいろがのぞく。口ごもりながら坂東がつづけた。「ただし凜香は少しずつ変わってきた。酌量の余地は多少あるだろう」

「捜査一課長ともあろう人がそんなことといって、世間の非難の矢面に立たされるかも。わたしたちと同じように」

「警察内部に信用できない輩《やから》が多く潜んどる昨今だからだ。皮肉なもんだ。公務員として給料をもらっておきながら、国家が信用できないんだからな」

「このところ特殊詐欺や押し込み強盗殺人が多発してますよね。犯人を捕まえられないのも警察の組織的腐敗のせいですか」

「遠慮なしにものをいう子だな、きみは」坂東はデスクから椅子を引っぱりだし、厄介そうな顔で腰かけた。「可能性はある。広域事件に指定されておかしくないのに、捜査一課には情報が下りてこない」

「警察庁長官とか警視総監がEL累次体の一員なんでしょうか」

「おい。口を慎んでくれ。誰かにきかれたら私のクビが飛ぶよ」

「でも捜査一課に事件を担当させないほど権限がある人となると……」

「複数いるよ」

「副総監か刑事部長あたりってことですか」

「だから、きめつけちゃいかんといってるだろう。もっと外部から、目に見えないかたちで、巧妙に働きかけてるのかもしれん」

「ありえますね。東京都公安委員会は、ひとりの委員長と四名の委員で構成されてます。そのなかの誰かであれば、下部組織の警視庁を操れるでしょう」

「きみは嫌な女子高生だったが、いまは嫌な女子大生になったな。あろうことか、うちの娘はきみを尊敬するといっとる。親としちゃ頭が痛い問題だ」

結衣のなかに苛立《いらだ》ちが生じた。「富裕層が無差別に標的にされてる。このあいだも小中学生の三姉妹が犠牲になったんですよね。両親や祖母とともに一家全員惨殺されるなんて可哀想すぎる。なのに捜査一課は手をこまねくばかりですか」

「うちは事件を担当できないんだ。不自然な組織の力学が働いとる。私にはどうにもできん」

「EL累次体のメンバーを暴く方法はないんですか。少なくとも警視庁に影響をあたえうる一名だけでも」

坂東は腕組みをした。「それができりゃ苦労せん。死んだ浜管少子化対策担当大臣……前大臣というべきか。あれが閣内でEL累次体のメンバーだと判明した唯一の例だ。ほかにも政府に多く潜んでるんだろうが、まったく尻尾《しっぽ》がつかめん」

「浜管前大臣と怪しいつながりがある不審人物は？　怪しい関係性からメンバーが浮

き彫りにならないでしょうか」

「できるだけ調べてはいる」坂東は椅子の背に身をあずけようとしたが、腰の後ろの拳銃《けんじゅう》が邪魔になったらしい。引き抜いた拳銃を机上に投げだし坂東はいった。「だが妨害も少なからずあるし、夜中にこんな物を忍ばせなきゃならん。ＥＬ累次体の面々はおそらく鉄の掟《おきて》で結ばれてやがる。相互に正体を明かさないと密約を交わしとるんだろうな。メンバーの素性については手がかりすら得られん」

現メンバー全員の正体が謎に包まれているわけか。捜査一課長の坂東がそういうのだから、事実として秘密は徹底的に守られていると考えるべきだ。アプローチを変えてみる必要があるかもしれない。思いついたことを結衣は口にした。「資金はどう集めているんでしょうか」

「資金？」

「全員が素性を隠す団体では、巨額の融資や寄付を集めるのは難しいでしょう。商社を経営するメンバーがいたとして、合法事業にみせかけて資金を調達しようにも、経理をごまかすのがまた大変」

「たしかにな……。奥多摩の山中にあれだけの設備と兵器を揃えてたぐらいだ。だが浜管前大臣が政治資金を流用した形跡は、いまのところみられん」

「EL累次体の活動資金はどこから?」

坂東はたずねかえしてきた。「優莉匡太半グレ同盟はどうやって金を集めてた?」

「友里佐知子の病院が脳医学研究の名目で、国からの支援を受けてたんです」

「いや。優莉匡太が友里佐知子と出会う前から、半グレ組織としてはかなり大きくなってたはずだろう」

「上納金です。同盟を構成する七つの半グレ集団の下にも、暴走族やらチンピラの群れやら予備軍が無限にいて、そいつらから常時金を吸いあげていました」

「ああ、上納金か」坂東が軽蔑《けいべつ》したように鼻を鳴らした。「暴力団とまったく同じだ」

にわかに閃《ひらめ》くものがあった。結衣は考えをめぐらせた。EL累次体のメンバーもそれぞれに、傘下組織の反社とつながりを持ち、上納金を義務づけているかもしれない。まともな暮らしを送る市民には、馴染《なじ》みの薄い世界だろうが、結衣にはむしろ探りをいれやすかった。

結衣はサッシ窓にひきかえした。「お邪魔しました」

「まて。結衣」坂東があわてぎみに立ちあがった。「きみは妹のひとりの一時保護者になったそうだな。日々のおこないに責任が伴うぞ。高校生のころみたいな振る舞いは……」

説教は無用だった。それ以上はなにもきかなかった。結衣は軽く跳躍すると、手すりの上で踏みきり、垂直に伸び上がった。一階上のバルコニーの手すりを両手でつかみ、懸垂により身体を引き上げると、また手すりの上に立った。三回同じ動作を繰りかえし、屋上に到達するや、階段塔に飛びこんだ。

エレベーターに乗った結衣は一階のボタンを押した。防犯カメラのレンズをちらと見上げる。坂東が住居侵入罪の証拠を押さえるとは思えない。ただし庇《かば》われるのもいちどきりだろう。結衣が接触したことで、坂東がEL累次体の標的になる事態は避けたい。最後の砦《とりで》たる捜査一課の長も、これ以降はもう頼れない。

16

伊桜里は鏡のなかの自分が逞《たくま》しくなっているのに気づいた。筋肉がついた部分は制服の締めつけが多少きついと感じる。

一か月半ぶりに伊桜里は登校した。ぎりぎり五月のため、衣替えで夏服になる前だった。ブラウスにブレザーを羽織り、スカートに黒のソックス、指定の革靴ででかけた。

ひさしぶりに来た学校は前よりだいぶ騒がしかった。

昇降口で自分のシューズボックスを開けたが、当然のごとく上履きは紛失していた。伊桜里は靴下のまま校舎にあがった。足の裏がひんやりと冷たいものの、ほどなく慣れてきた。階段を上ると、踊り場付近で戯れていた生徒たちが、伊桜里に妙な顔を向けてくる。クラスメイトではない、それしかわからない。同学年の顔や名前をすべて覚える余裕は、以前の伊桜里にはなかった。

三年の自分のクラスに入る。やはり賑《にぎ》やかというより騒々しい。教室の前のほうに人だかりができている。その渦中に小柄な男子生徒がいた。たしか野路昌弘《のじまさひろ》という名だった。おとなしく孤立しがちな、伊桜里と同じタイプだと知っていた。

伊桜里がいなくなって、野路はいじめの標的にされてきたのかもしれない。男女問わず大勢が野路をからかっていた。チョークで制服の背中に落書きされ、頭を黒板消しで叩《はた》かれ、髪が真っ白に染まっている。

バスケ部で活躍する長身で角刈りの都甲義明《つごうよしあき》が、率先して野路をいびっていた。笑いながら都甲は声を張った。「おい野路。白髪のじじいみたいになってるじゃねえか。バスでどっか行くときには、優先席を押さえておいて、俺たちが乗ったら譲ってくれよな」

いっそう明るく染めた巻き髪の屋我波琉江が尻馬《しりうま》に乗っかった。「あー、いいかも。バスっていつも混むし、ジジババが我が物顔で座りやがるじゃん。野路がいけばどくんじゃね？　見るからに不気味だからさー」

わりと容姿や社交性にめぐまれたスクールカースト上位組が、都甲や波琉江の取り巻きを形成している。全員がげらげらと笑い転げ、さかんに野路を小突きまわす。野路は顔を真っ赤にし、目を潤ませながらも、なお半笑いを浮かべていた。辛《つら》そうな表情は見せない。伊桜里には気持ちが痛いほど伝わってきた。一緒にふざけているにすぎない、そんなふうに自分を欺いていなければ、心を保てない。

前にも思ったことだが、いじめ行為にドン引きする生徒というのは、少なくとも中三の教室内では少数派になる。クラスメイトの流行に同調しないと、話題についていけなくなり、疎外感を味わってしまう、それとなにも変わらない。複数の生徒らが、ある特定の生徒に生理的嫌悪感を抱けば、集団で攻撃してかまわないという理屈が成り立つらしい。伊桜里にはまったく理解できなかったが、それがいじめだという自覚があるかどうかは、いじめをする張本人らの脳を開けないかぎり不明だった。

野路をいじめる集団はひとしきり笑ったのち、ようやく落ち着きだした。すると波琉江の取り巻きの女子生徒ひとりが、伊桜里に気づく反応をしめした。あわてたように波琉江に耳打ちする。

波琉江がこちらに向き直った。全員が波琉江の視線を追うように伊桜里に注目した。

「マジか」別の女子生徒がささやいた。「ゴミが戻ってきやがった」

伊桜里は自分の席へと歩きだした。クラスメイトらの目が釘付《くぎづ》けになっている。行く手にある伊桜里の机には花瓶が置いてあった。机の表面にはびっしりと落書きがしてある。死ねとかブスとかキモいとか、ふつうの罵詈雑言《ばりぞうごん》のほか、読みあげるのも憚《はばか》られる差別用語が並んでいた。

女子生徒の声がいった。「上履き、履いてねえじゃん。貧乏だから買えねえの?」

ほかの男子生徒が嘲《あざけ》るような声で同調した。「靴音で気づかれたくなかったんじゃね? まるで部屋に入りこんだ害虫だよな」

笑い声がこだまするなか、伊桜里は花瓶をそっとどかすと着席した。カバンのなかから小瓶をとりだす。中身の液体をガーゼに染みこませ、机の上を拭《ふ》きだした。

結衣が独自に調合した落書き消し。エチルアルコール類やミネラルスピリットなどが混ぜ合わせてある。

あらゆる種類のインクによる落書きが、ひと拭きで綺麗《きれい》さっぱりと消えていく。そのスムーズな消えぐあいに、思わず涙が滲《にじ》みそうになる。この落書き消しの完成度は、結衣が受けてきた精神的苦痛の反映だ。この配合を編みだすまで、高校生のころの姉は、どれだけ多くの誹謗《ひぼう》中傷に晒《さら》されてきたのだろう。結衣が教えてくれた肉体の技は、どれも暴力とは本質的にちがう。彼女が受けた心の傷を、妹に受け継がせまいとする、そんなやさしさが指導にこめられていた。

いじめっ子らがぞろぞろと周りを取り囲んだ。波琉江が吠《ほ》えてきた。「てめえ、学校に来んな。なに勝手にのこのこ登校してやがんだよ。空気が悪くなる。ヘドがでる」

伊桜里は包囲する男女生徒らを眺めた。都甲はいまのところ危害を加えてきたことはない。しかし都甲の仲間の男子生徒らには、痴漢まがいの嫌がらせを繰りかえしてきた肥満体や、伊桜里相手には嬉々《きき》としてトイレ盗撮を試みるニキビ面もいた。

目が合うと波琉江が憤りをしめした。「なにガンつけてんだよ。謝れ。土下座しろよ」

同調の声が次々にあがる。都甲も高慢な態度で怒鳴った。「波琉江が謝れっていってるだろ。さっさと指示にしたがえよ不登校」

やはりこの男も同じ穴の狢《むじな》にすぎなかったようだ。そもそも野路をいじめている時点で、都甲を例外とみなす気などなかった。いま伊桜里に視線を投げかけている全員が同罪だろう。

以前の伊桜里なら悲嘆に暮れ、自分が悪いと思いこみ、迷わず土下座していたにちがいない。伊桜里は感覚の変化に内心驚いていた。かつてたしかにあった恐怖という感覚は微塵《みじん》も湧いてこない。高いところが怖かったのとおそらく同じだろう。理解を超える事象や環境を人は恐れる。そこには理不尽や不条理、理解不能な他者の振る舞いも含まれる。暴力もそれに当たる。

だが伊桜里はもう暴力なるものの愚かさを理解した。ゆえに恐怖の対象にはなりえない。

「おい」痴漢デブがにやにやしながら声を荒らげた。「さっさと土下座しねえかよ」

伊桜里は立ちあがった。生徒らはしんと静まりかえった。

胸ポケットから結衣がくれた物をつまみだす。配線コードを束ねるための、樹脂製の結束バンドだった。伊桜里は一同に背を向けると、結束バンドを後ろ手にまわし、両手の親指を輪のなかにいれた。バンドの端をひっぱり締めあげる。二本の親指が後ろ手に固定された。

実際には右手の親指が抜き差しできるていどに、わずかに余裕を残しておいた。これは優莉家の秘伝だという。誰かに私人逮捕されたように思わせ、駆けつけた警察官を油断させる方法らしい。

伊桜里はまた生徒らに向き直った。誰もが唖然《あぜん》としながら眉《まゆ》をひそめていた。

女子生徒のひとりがつぶやいた。「キモ。こいつ、なにやってんの」

痴漢デブがいっそう目を細めた。「自分で自分を拘束して、好きにしてっててんじゃねえの？」

男子生徒らに下品な笑い声がひろがる一方、女子生徒たちは総じて嫌悪のいろを浮かべた。波琉江が大仰に顔をしかめながら詰め寄ってきた。「キモいってんだよてめえ！」

波琉江は片手で伊桜里を突き飛ばそうとしてきた。だがそのてのひらが接触するより早く、伊桜里は右の親指を結束バンドから抜き、弾丸並みの速度で人差し指と中指を猛然と繰りだした。二本の指先は波琉江の脇の下を強く打撃したが、一瞬ののちには右手を背後に戻し、親指を結束バンドの輪におさめた。

一秒ののち、波琉江は目を剝《む》き、大きくのけぞった。「ぎゃっ！」

なにが起きたのか周囲にはわからなかったはずだ。波琉江は反りかえった状態で固まり、背後にばったりと倒れた。床に横たわってからも、全身を硬直させたうえ、激しく痙攣《けいれん》しつづける。ずっと高圧電流に痺《しび》れているかのように、張り詰めた筋肉の震えがおさまらない。

脳に直結する神経は頸椎《けいつい》から、肋骨《ろっこつ》と鎖骨のあいだを抜け、脇の下を経由し腕に達する。その神経をしたたかに打ち、急性の末梢《まっしょう》神経障害を生じさせた。激痛に全身が麻痺《まひ》し、当分は足腰も立たない。

男女生徒らは愕然《がくぜん》とした。床に転がった波琉江と、後ろ手に拘束された状態で立つ伊桜里を、かわるがわる見た。誰もが信じられないというように目をぱちくりさせた。

痴漢デブがつかつかと歩み寄ってきた。「なにをしたか知らねえが、とりあえずてめえはこっちに来い」

片手が伊桜里の胸に、もう一方の手が尻にまわろうとする。肥え太った醜悪な顔が、鼻息荒く近づいてきた。だが両手が身体に触れてくる寸前、ふたたび伊桜里は迅速に右手の親指を抜き、痴漢デブの片腕を瞬時に強打した。とたんに痴漢デブは重度の正中神経麻痺に陥り、その場に片膝《かたひざ》をつくと、真っ青な顔をひきつらせながら仰向《あおむ》けに転がった。口から泡を吹き、死にかけの虫のようにぴくぴくと震える。そのおぞましさに女子生徒らが悲鳴を発した。

伊桜里の右の親指はもう結束バンドのなかに戻っていた。六十分の一秒以下の瞬発的な動作は、必要な筋力のみを集中的に鍛えることで実現できる。ほとんどの人間の目には映らない。残像が見てとれる可能性はあるが、伊桜里は打撃を常に相手の身体の陰で実行した。ほかの生徒たちの視野からは死角になる。

動揺する女子生徒らがスマホをとりだした。スマホカメラのレンズが伊桜里をとらえる。動画の撮影が始まることは予想済みだった。それゆえの結束バンドになる。

伊桜里が結束バンドを締める当初のようすは、誰も撮影していなかった。自分たちのいじめを記録に残すわけにはいかないからだ。よってどの動画も途中からになる。結衣がいったとおりだった。伊桜里にとっては望みどおりの映像記録が得られる。

怯《おび》えた生徒たちが都甲の後ろに隠れだした。都甲は一同の期待に応《こた》えねばと思ったのか、義憤に駆られたように伊桜里の胸倉をつかみにかかった。「てめえ、なにやってんのか知らねえが……」

複数のスマホカメラの位置を伊桜里は冷静に把握していた。都甲との距離が詰まったとき、カメラレンズから陰になる位置へと、伊桜里はすばやくまわりこんだ。また親指を抜くや、手首のスナップを強烈にきかせ、人差し指と中指で都甲の首筋を打つ。苦痛に表情を歪《ゆが》めた都甲の身体は隙だらけだった。胸部と脇腹、太腿《ふともも》の神経を伊桜里はつづけざまに強打した。都甲は袋叩《ふくろだた》きに遭ったかのように、身体を激しく前後に揺すり、横倒しに床に伸びた。大げさに見えるほどの反応だが、それは神経のあちこちを打たれ、痙攣と麻痺が生じたゆえだ。

女子生徒らは驚愕のいろとともに、倒れた都甲にスマホカメラを向け、それからレンズを伊桜里に戻した。しかし伊桜里は後ろ手のまま平然と立つのみだった。

人が銃撃を受け、神経が被弾したときのダメージについて、友里佐知子のファイルに綴《つづ》ってあった。結衣はそれをもとに、鍛えた指先で神経を強打することで、麻痺状態を作りだす技を編みだした。金属のトレーを指で突き、指立て伏せを繰りかえすことで、指先は途方もなく硬くなる。上腕と前腕の筋肉に生じる瞬発力も大きな鍵《かぎ》となる。スマホカメラのフレームレートは60FPS。一秒間に六十枚の画像が撮影される。極力六十分の一秒でこなせば、なにも映らない。それより遅くならざるをえない動作は、巧妙に人の陰に隠し、カメラにとらえさせない。

無駄で無意味な筋肉は鍛えなかった。結衣が指導してくれたのは、身を守り敵を倒すための最小限の筋力の醸成、そこに徹しきったトレーニング法だった。局所的な強《きよう》靱《じん》ささえ得られれば、やたら重い物が持てるような腕力など必要ない。

三人が異様な痙攣を発し床に這《は》っている。教室内はパニック状態になった。悲鳴とともに女子生徒らが戸口に殺到する。混み合っているせいで大半は廊下へ逃れられない。

「うわー！」男子生徒が叫びながら廊下へ飛びだした。「助けてくれー！」

ほかの女子生徒も死にものぐるいで人を掻き分けようとしている。「どいてよ！

わたしを外にだして！　関係ないんだから！」

すると男子生徒のひとりが突き飛ばした。「おまえは波琉江の連れだろが」

「なにすんのよ！　見てるだけのあんたたちこそ悪いでしょ！」

さっき逃げだした女子生徒らが駆け戻ってきた。職員室に助けを求めてきたらしい。四十代の担任教師、碑賀紫耀子はすくみあがっていた。教室の床で複数の生徒が泡を吹き、全身を引きつらせているからだ。

紫耀子は伊桜里に食ってかかってきた。「あなたいったい、なにを持ちこんだの。この子たちになにを……」

伊桜里が無言で見かえすと、紫耀子は困惑ぎみに足をとめた。両手が後ろにまわっているのを見てとったからだろう。伊桜里は背を向けてみせた。結束バンドで両親指が固定されている、その事実を担任教師にしめす。

たじろぐ反応をしめしたものの、紫耀子は歩み寄ってくると、伊桜里の腕をつかんだ。「来なさい」

伊桜里は紫耀子を見つめた。「わたしがなにか?」

「いいから。来て」

「身動きできないわたしのほうを責めるんですか」

紫耀子は苦い顔で一瞥《いちべつ》したのち、伊桜里の背後に手を伸ばしてきた。このまま職員室に連行したのではまずい、そう判断したのだろう。拘束を解くことにより、伊桜里が一方的な被害者とみなされないようにするつもりだ。

身を屈《かが》めた紫耀子の頭頂に、伊桜里は自分の顎《あご》を押し当てた。紫耀子がその感触に驚くより早く、伊桜里は腹話術の要領で口を閉じたまま、舌の動きだけで発声した。しかも小声に留《とど》める。「汚い大人。クラスがこんなふうになってるのは先生のせい」

紫耀子はびくっとして身を引いた。ひとり恐怖のいろを浮かべている。周りの女子生徒らは怪訝《けげん》な顔で見守るばかりだった。なにもきこえなかったからだ。

いまの声は骨伝導により、紫耀子ひとりだけの聴覚に届いた。これも結衣に教わった技だった。

学園ドラマでは教師と生徒が分かり合える。そんな甘ったるい状況は現実にはない。伊桜里は醒《さ》めきった気分でそう思った。瞬時に繰りだした二本指で、紫耀子の脇の下を突き刺す。動物の鳴き声に似た叫びを発した紫耀子が、目を剝《む》き全身を伸び上がらせた。いまやこちらをとらえるスマホカメラは二台にすぎない。死角に隠れながら伊桜里の二本指が、紫耀子の全身をすばやく次々に強打した。あちこちの神経が痺れを生じるたび、紫耀子は感電したようにのけぞった。やがて意識が遠のいたらしく、痙攣とともに卒倒した。担任の女教師は、生徒らと同じように泡を吹き、無様に瀕死《ひんし》のごとく横たわった。

恐怖にとらわれた生徒らがいっせいに逃げだした。「誰かー！　助けてー！」「呪いだぁ！　俺たちはみんな呪われちまったよ！」「先生までやられちまったー！　もう終わりだー！」

教室内に居残る野路が、ぽかんとしながら伊桜里を見つめている。

苦笑とともに伊桜里はいった。「結束バンドを誰が締めたか、秘密にしてほしいんだけど」

「……ああ」野路は啞然としながら応じたが、やがて白目を剝き、その場につんのめってしまった。あまりに信じがたい状況に気絶したらしい。

残りの生徒らはみな悲鳴とともに教室から退避していった。傍目《はため》から見ればホラーだろう。伊桜里は後ろにまわした両手を左右に引っぱった。今度こそ結束バンドは本当に固く締めあげられた。

17

結衣は汐留《しおどめ》にいた。瀟洒《しょうしゃ》なビル、エントランスからつづく上り階段の先、通路を折れた突き当たりにスマ・リサーチ社の入口はあった。ガラス戸を押し開けると、結衣はなかに入った。

わりと広めのオフィスに事務机がひしめきあっている。ワイシャツ姿の男性職員が多く立ち働いていた。探偵業の人間なら、部外者の立ち入りにすぐ気づくかといえば、そうでもないらしい。かなり時間が過ぎてから、眼鏡をかけた年配の職員がこちらに目をとめた。

「あの」職員がきいた。「どちら様でしょうか」

全員の目がこちらに向く。ひとりだけ異彩を放つ男性が歩み寄ってきた。三十代前半、痩身《そうしん》に水いろのジャケットを着こなしている。髪はわずかにウェーブのかかった、長めの七三分け。面長だが小顔で、端整かつ目鼻立ちがはっきりしていた。

男性は軽く頭をさげた。「桐嶋《きりしま》といいます。ご用件は？」

「優莉結衣です。紗崎玲奈さんにお会いしたくて」

「ああ、優莉さんって。ほんとに?」桐嶋は興味深そうに凝視してきた。「報道写真で見るより小柄な印象だね。平日だけど学校は?」

「もう大学生なので……」

へえ、あの優莉結衣さんが大学生だなんて、ときの経つのは早いね……。そんな桐嶋の喋《しゃべ》りを聞き流す一方、結衣はオフィスの奥のドアが開くのを目にした。書類保管室らしき小部屋から、華奢《きゃしゃ》なロングワンピース姿の若い女性がでてくる。長い黒髪に縁取られた、色白の小顔がこちらを向いた。吊《つ》り上がった大きな瞳《ひとみ》がいっそう見開かれた。

対探偵課の二十六歳、紗崎玲奈が近づいてきた。「結衣さん。なんでここに?」

「突然すみません」結衣はおじぎをした。「事前に連絡をすると、情報が外に漏れるんじゃないかって」

「ここはプロの巣窟《そうくつ》だから心配ない」玲奈は接客用ブースを指さした。「あれ防音だけど、なかに盗聴器や隠しカメラがないのを調べてからにする?」

「いえ。信用します」結衣は玲奈につづき、ブースのドアへ歩きだした。

すると桐嶋もついてこようとした。「一緒に話をきいていいかな」

玲奈が仏頂面で振りかえった。「なんで?」

「なんでって、面白そうだし」

「このあいだの件で女子高生にめざめた？　結衣さんに迷惑になるから遠慮して」

「彼女はもう女子大生だよ」

結衣は桐嶋を一瞥した。「なにかあったんですか」

桐嶋が結衣にたずねかえしてきた。「なんの話だい？」

「かなり治ってはきてるけど、ボコられた痕《あと》がうっすら見えるので」

「あー」桐嶋が苦笑しつつ額を指先でさすった。「これね」

玲奈が淡々と説明した。「スギナミベアリング事件の名残」

「へえ」結衣にとって意外な返答だったが、面食らうほどではなかった。「拳銃《けんじゅう》大量密輸事件ですか。桐嶋さんが関わってらっしゃったんですか？」

桐嶋が行く手にまわりこみ、ブースのドアを開けた。「詳しく話してあげるよ」

結衣は接客用ブースに入った。玲奈が後につづく。だが桐嶋が入室しようとする寸前、玲奈の手でドアがぴしゃりと閉じられた。すかさず内側から施錠した。

玲奈が振りかえった。「三十前後のチャラ男は、自分だけは女子大生や女子高生に釣り合うと思ってる」

「ありがちですね」結衣はブース内を見まわした。四人掛けの応接セットとファイリングキャビネット、観葉植物だけの狭いスペースだった。

「座る？」玲奈はきいた。

「いえ」結衣は立ったまま玲奈を見つめた。「じつは反社に雇われた受け子について教えてほしくて」

「受け子？」玲奈も着席せず結衣に向き合った。「不良少年少女の親御さんから、よく依頼が来る。うちの子がどっかの犯罪グループで受け子をさせられていないかって」

「未成年が多いんですか」

「ええ、圧倒的に多くてね。五人にひとりが少年か少女。次点で暴力団関係者、三番目が外国人。失踪《しっそう》した子が死体で見つかるケースが頻繁にあるけど、受け子を繰りかえし務めたのち、雇い主のグループに殺されたりする」

受け子は使い捨てだ。酷使されたあげく、顔が割れる前に始末されてしまう。優莉匡太半グレ同盟の野放図《のほうず》でも、受け子は常に組織の蚊帳《かや》の外で、けっして仲間としては扱われなかった。特殊詐欺の実行犯のなかで、被害者と唯一接点を持つ人間になるため、ひとりだけ切り離した存在にしておく。警察の捜査の手が伸びるより早く、先んじて口を封じ、死体を遺棄する。そのため受け子だけは次々に新規採用される。大人たちの物騒な相談ごとを、幼少期の結衣はしょっちゅう耳にした。

　いまもそう変わらないらしい。玲奈が深刻な面持ちで告げてきた。「このところ少年が死体で発見されるケースが多いけど、どっかに受け子として雇われてた可能性が高いって」

「ニュースで観ました。たいてい家に帰らなくなって一か月から三か月ぐらいで、もう死んでることが発覚するとか」

「サイクルが速くなってることはたしか。でもなんでそんなことときくの？」

　EL累次体につながる糸を探しだすためだ。ディエン・ファミリーのナムにきいてみたが、それらしい反社組織は知らないとのことだった。だがEL累次体のメンバーは各自、犯罪の実行部隊となる反社組織を抱えている可能性が高い。仕事を振ってやる一方、上納金を吸いあげていると考えられる。むろんEL累次体の影響下で、司法から見逃されるという恩恵こそ、そうした反社組織にとってのメリットになる。

　上納金を払いつづけるためにも日々の稼ぎは欠かせない。しかも奥多摩で巨額の損失をだしたEL累次体は、より多くの上納金を要求していると想像できる。特殊詐欺や押し込み強盗殺人のために、受け子や出し子を必要とする一方、使い捨てと新規雇用のペースも速くなっている。つまり頻繁に受け子を雇っている反社こそが、EL累次体メンバーの傘下にあると思われる。

ともあれ玲奈に事情を語る気はない。ＥＬ累次体の存在を知れば玲奈にも危害が及ぶ。結衣は用件だけを口にした。「よく見かける受け子の雇用窓口と、その手口を教えてもらえませんか」

「受け子をどんどん使い捨てにしてる反社が知りたいわけ？　どんな理由で？」

結衣は黙っていた。背景を語りたくないときがあることを、玲奈ならわかってくれるだろう。そうでなければここへ来なかった。

玲奈がため息をついた。「大学事変はないっていってたのに」

「大学がらみじゃありません。妹のためなので」

「凜香さん？」

「いえ……。凜香なら自分でなんとかできます」

「受け子になる経緯はね」玲奈はささやいた。「まず不良の先輩や友達からの勧誘。次がＳＮＳによる募集。日給十万円以上とか月百万円とか謳《うた》うやつ」

「裏バイトや闇バイトですか」

「高額報酬の運び案件だとか、荷物引き受けって名目がほとんど。でも最近はそれもポピュラーになりすぎて、受け子の募集なのが見え見えだから、古風なやり方が主流になってきてる」

「古風？」

玲奈はファイリングキャビネットを開け、一枚のチラシをとりだした。「学習塾や中古ゲーム店の自転車置き場で、これがよく撒《ま》かれてる。自転車のカゴに一枚ずつ投げこんであるって。地域は台東《たいとう》区、荒川区、足立《あだち》区、葛飾《かつしか》区、江戸川区あたり」

チラシはカラープリンターで印刷してあった。〝いらすとや〟の絵を使っているあたり、安上がりに作成されている。日給三万円と大書された下に、〝未成年者歓迎・探偵業務手伝いスタッフ募集〟と記してある。ほかには電話番号と、グローバル調査なる社名が載っていた。住所などの併記はない。

結衣はチラシを眺めながら玲奈にきいた。「この番号にかけると、どんな応答があるんでしょうか」

「大人の声だとただちに切られる。子供とわかる声なら、名前と住所をラインで送るようにいわれる。その先は採用された子にしかわからないけど、たぶんみんな死体になって見つかるから、話はきけない」

「グローバル調査っていうのは……？」

「実在しない会社。そもそもそんなチラシ、募集内容自体が探偵業法違反だし、東京都公安委員会への届出番号の記載もない」

「ですよね。探偵業務手伝いに未成年者歓迎だなんて……」

「少年探偵団じゃあるまいし」玲奈はいっそう硬い顔になった。「そのチラシは最近激増してて、受けとった子が行方不明になる事態が多発してる。親御さんから対探偵課への相談も多いけど、相手がまともな探偵事務所じゃないから手がだせなくて」

「警察への相談は？」

「捜査一課長の坂東さんに電話したけど、担当の所轄は信用できないから、情報があっても提供を控えるようにって。いまはシビック政権下並みに司法が歪《ゆが》んでるとかいってる」

「実際に凶悪事件が連続してて、しかも犯人が滅多に検挙されませんよね」

「たしかにきな臭い世のなかだとは思うけど」玲奈がじっと見つめてきた。「結衣さん。もう危険なことに首を突っこんでほしくない。約束したでしょ」

「……危険の基準がどこにあるかによる」

「あなたの基準は駄目。よっぽどのハイレベルになっちゃうし。妹さんをそんな目には遭わせたくないでしょう？」

そういわれても、伊桜里はもう百メートルの塔の頂上で、片足立ちができるぐらいの度胸を備えてしまった。我ながら優莉家の教育はろくなものではない。

ふいにスマホが震えだした。すみません、結衣はそういってスマホをとりだし、電源を切ろうとした。

ところが電話の着信ではなかった。受信したメッセージの文章は簡潔だった。伊桜里の通う中学校から送信されている。

玲奈がたずねた。「どうかした？」

「……ええ。妹の件です」結衣はもやもやした気分になった。保護者への呼びだし。十八にして早くも経験するとは予想もしていなかった。

18

晴れた日の正午すぎだが、この中学校は午前中に休校になり、生徒は全員帰らされた。結衣は校門前に立った。やれやれとぼやきたくなる光景がまっていた。

保護者として呼びだしを食らう。結衣にとっては初めての経験ではある。伊桜里のために学校へ足を運ぶのはやぶさかではない。しかしこの状況はどうだろう。校庭を機動隊員のヘルメットとシールドが無数に埋め尽くしているではないか。

結衣は校門を入り校舎へと向かった。すると機動隊員の群れが左右ふた手にわかれ、それぞれシールドで壁を築きつつ、結衣に歩調を合わせてきた。

隊長の声が拡声器で発令する。「油断なく警戒対象を包囲しながら進め」

警戒対象。生徒の保護者がそんな扱いか。結衣は校舎の昇降口に達した。後方をU字形に機動隊員らが取り囲む。前方の昇降口からは、ふたりの年配のスーツが歩みできた。

なんとも奇妙なことに、機動隊員の数名が大きな透明のアクリル板を運んできた。縦横二メートル以上もある。それをふたりのスーツの前に立てた。

アクリル板の向こうでふたりが頭を下げた。どちらも高齢ではあるが、年下に見えるほうがぼそぼそと告げてきた。「私は教頭の福嶋《ふくしま》です。こちらは校長の堀津《ほりつ》」

結衣は半ば呆《あき》れながらきいた。「なんの騒ぎでしょうか」

「いえ、あのですね、渚伊桜里さんの一時保護者が優莉結衣さんだとうかがいまして、校長と相談の結果、学校の安全が第一と考え、警察にも相談しまして……」

「このアクリル板、蹴《け》ったらおふたりとも下敷きになりませんか」

堀津校長が血相を変えた。「きょ、脅迫だ！」

拡声器を持った機動隊長が結衣の横に駆けつけた。「校長先生。どうかなさいましたか」

結衣はうんざりぎみにいった。「アクリル板はかえって危ないといっただけです」

「……私も同感です」機動隊長が校長に向き直った。「やはり取り払うのがよろしいかと。彼女は銃器等を持参してもいないようですし」

校長と教頭は真剣な顔を突き合わせ、小声で議論しだした。ほどなくふたりとも苦い表情でうなずいた。機動隊員らがアクリル板を横方向に取り払った。

どうやらアクリル板は学校側の要請らしい。というより機動隊の動員自体がそうだろう。結衣は隊長にささやいた。「帰ってもらえませんか」

隊長が渋い面持ちで校長にたずねた。「彼女が帰ってほしいといってますが」

堀津校長はおろおろと応じた。「それは困ります」

結衣は呼びかけた。「校長先生。なんのために機動隊を呼んだんですか」

「なんのためにかといえば……。優莉結衣さんは武蔵小杉高校事変のほか、さまざまな武装襲撃現場に居合わせたでしょう。その背景になにがあったかはよくわかりませんが、とにかくそのような事態になった場合のことを考えまして……」

弁解は最後までできかなかった。結衣は隊長に目を移した。「わたしは容疑者かなにかですか」

「いえ。学校で傷害事件が起きた疑いがあるとかで、所轄の刑事たちも関係者らに事情聴取しましたが、証拠がないということなので……。私たちもあくまで学校から警備の要請を受け、ここに留《とど》まっているだけです」

どうやら伊桜里はうまくやったようだ。結衣は隊長に問いかけた。「まだ警備の必要性を感じますか」

隊長も馬鹿らしく感じ始めたらしく、周りに呼びかけた。「撤収！」

機動隊員らがぞろぞろと引き払いだした。堀津校長が露骨にうろたえている。福嶋教頭のほうは平静を装おうとしているが、やはり不安のいろが見え隠れする。

結衣が昇降口に近づくと、校長と教頭はそのぶん後ずさった。ふたりとも及び腰だった。まるで逃げるような態度ながら、いちおう結衣を校舎内にいざなってはいる。

結衣はため息とともについていった。

一階の多目的室に入ると、どこか既視感のある光景があった。会議用の長テーブルがコの字に据えてある。パイプ椅子には教師や保護者らが十数人ほど列席する。コの字の真んなかには、被告席のようにふたつ椅子があり、うちひとつに制服姿の伊桜里が腰掛けていた。伊桜里は戸惑いがちに立ちあがり、申しわけなさそうに頭を下げてくる。

結衣は苦笑しそうになった。伊桜里はまるで過去の自分のようだ。当時の結衣には来てくれる保護者などいなかったが。

多目的室のモニターに、生徒がスマホカメラで撮った動画が映しだされた。あたかもホラー映画の上映会のようだった。画面のなかで生徒が倒れるたび、保護者の婦人らが悲鳴を発した。

保護者のなかでも結衣だけはちがう視点で映像を観ていた。並んで座る伊桜里に結衣はささやいた。「いまのはちょっと動きが見えた」

伊桜里も小声で答えた。「手首のスナップが数回、思うようにいかなかったかも。気をつける」

教師の操作により、映像は一時停止状態になった。婦人のひとりが怒鳴った。「これだから優莉架禱斗の妹さんと同じクラスは嫌だったんです！」

賛同の声が飛び交うなか、男性教師が両手で発言を制した。「みなさん、落ち着いてください。このあと私たち教員が職員室から駆けつけたんですが……。渚伊桜里さんは後ろ手に結束バンドで両親指を固定されてましたよ。いまの映像でもずっとそうだったでしょう」

別の保護者が抗議した。「でもうちの子は、渚さんに近づいたとたん、指で叩《たた》かれたといってましたよ」

福嶋教頭が眉《まゆ》をひそめた。「指で叩かれた……？」

「いえ、あのですね。ほかにもきっと、なにかされたにちがいありません。あんなに痛がってますし、病院に運ばれてからも、いまだに痙攣《けいれん》がおさまらないんです」

「そもそも渚さんが指で叩くのは無理ではないですか」

「き、きっとバンドが緩かったんですよ！」

年配の男性教師がいった。「結束バンドをカッターで切断したのは私です。しっかり締めあげられていました。指に痕《あと》が残るほどに」

「みんなに暴力を振るってから締めあげたんでしょ。それまでは緩んでたんです」

「なんのために？」年配教師は訝《いぶか》しげな表情になった。「そもそもなぜ渚さんは後ろ手に拘束されてたんですか？　自分でやるとは思えませんが」

集団いじめの可能性を追及されそうになったからか、婦人のひとりがうわずった声を発した。「つづきを観ましょう」

映像がふたたび動きだした。女性教師が駆けつけてきたが、やはり伊桜里にボコボコにされてしまった。もっとも、すべての打撃は目にもとまらない早業で、動作は一瞬たりともフレームレート内に残っていない。無表情の伊桜里のそばで、女性教師が絶叫とともにのけぞる反応を繰りかえし、悶《もだ》え苦しんだのち卒倒した。そんな奇怪な映像があるだけだ。

　結衣はひそかに感心した。まだ初心者レベルだが筋はいい。物証を残さず立ち振る舞う勘のよさは、優莉匡太の血筋にちがいないが、ほかにも才能を感じさせる。ひょっとして母親からの遺伝だろうか。伊桜里の母はいまだ不明だ。どんな女性だったのか。

　画面のなかで女性教師が泡を吹きながら痙攣している。保護者が慄然《りつぜん》として叫んだ。「先生にまで暴力を振るうなんて！」

　福嶋教頭が困惑を深めたようすでいった。「碑賀先生が自分からすり寄っていき、何発も殴られているふりをして倒れた……ようにしか見えませんが」

　堀津校長も神妙にうなずいた。「さっきの生徒たちもみんなそうだ。まるで文化祭の演劇だ。刑事が事情聴取ののち、みんな引き揚げたわけだ」

　保護者らはいっせいに苦言を呈した。ひとりの婦人が甲高い声を張りあげた。「うちの子は病院で全治一か月の打撲と診断されたんです！　ほかのお子さんもそうですよ。服の下に痣《あざ》や腫《は》れが点々とあって……」

　男性教師が渋い顔を校長に向けた。「碑賀先生もそうです。硬く細い棒で、何度も強く突かれたような痕だと……。ただしこの映像を観るかぎり、渚さんはまったく手をだしてないんです。まさかとは思いますが、集団による自作自演にも見えますが」

別の保護者が絶叫に似た声を発した。「なにかやったにきまってます！」

結衣は思わず鼻を鳴らした。かつて武蔵小杉高校でも伝えきいたフレーズだった。

年配教師が唸《うな》った。「ほかに男子生徒一名が、クラスのみんなによるいじめを受けたと証言しています。先生も助けてはくれなかったそうです。渚さんも被害に遭っていたと」

保護者らが狼狽《ろうばい》しだした。どの保護者も、証拠はあるのかと言いかけては口をつぐむ。無理もないと結衣は思った。証拠を重視するなら、映像を観るかぎり、教師といじめっ子たちの仕掛けた茶番にしか思えない。

福嶋教頭が両手で頭を抱えた。「でも打撲の診断は事実だしなぁ……」

結衣はあっさりといった。「喧嘩《けんか》両成敗ってことで、伊桜里もほかの生徒たちも、みんな一週間の出席停止にしましょう」

室内の全員が驚愕《きょうがく》のいろを浮かべた。伊桜里も目を丸くし結衣を見つめた。

「よ」男性教師が戸惑い顔できいた。「よろしいんですか？　経緯はいまだはっきりしていませんが……」

「かまいません」結衣は平然と応じた。「クラス全体でごたごたが起きたんだし、揃って頭を冷やすのがいいんじゃないかと」

堀津校長が大きくうなずいた。「潔いことをおっしゃる！　それが最善の策でしょう」

保護者らはいっせいにブーイングを発した。婦人のひとりが目を怒らせた。「加害者は渚さんのほうでしょう！」

だが教師陣はもう迷いをみせなかった。福嶋教頭が真顔で突っぱねた。「そうは思えません。いま映像で観たとおりです」

「でもそれなら、保護者である優莉さんが渚さんの罪を認めるなんて、変じゃありませんか」

「喧嘩両成敗と優莉さんもおっしゃったでしょう。懲罰というより、それぞれがご家庭でじっくり話し合う、絶好の機会になると思います」

責任の所在が学校ではなく家庭にある、そう押し通せる空気が濃厚になったからか、教師らは一転して強気になった。教育者として原因をあくまで追求すべきでは、そんな真っ当な思いも頭の片隅にはあるだろう。だが厄介ごとは早々に解決したがっているにちがいない。疑問符は残っても喧嘩両成敗との妥協案に学校ぐるみで飛びついてきた。保護者らはしだいに気圧《けお》され弱腰になりつつある。

「では」堀津校長はさばさばした態度で呼びかけた。「異論がなければ、学校としてはそうさせていただきますが」

水掛け論は避けられないと思ったのか、誰もが発言を控える態度をしめした。保護者らも自分の子供がいじめに加担した可能性を否定できないのだろう。校長と教頭がおじぎをすると、みな立ちあがらざるをえない、そんな空気になった。

結衣も腰を浮かせた。「伊桜里、行こ」

伊桜里は座ったまま、当惑のまなざしで結衣を見上げた。「お姉ちゃんのいったとおりにやったのに。わたし、問題児になっちゃったの……?」

妹の不安が可愛く思える。結衣は伊桜里をそっと抱いた。顎《あご》を伊桜里の頭に乗せ、周りにきかれないよう骨伝導で告げた。「心配ない。こうするのにはちゃんと理由があるから」

19

二十四歳の庵崎恭壱は、武井戸建設の事務室でタバコを吹かしつつ、パソコンのマウスを滑らせていた。

画面に表示されるのは受け子候補らの個人情報だった。探偵業務手伝い募集のチラシをばら撒《ま》いた結果、毎度のごとく頭の悪そうな未成年が山ほど連絡してきた。ただし本物の馬鹿は使いものにならない。かといって賢い奴は利用されている事実に気づいてしまう。ほどほどに愚鈍な手合いを選ぶのが難しい。

庵崎は舌打ちした。「どいつもこいつもパッとしねえな。金を持ったらすぐトンズラをかましそうな、目つきの悪い輩《やから》ばかりじゃねえか」

隣の椅子に座った二十三歳の革ジャン、萩維昭正《はぎいあきまさ》はリーゼント頭に櫛《くし》を這《は》わせていた。「庵崎さんがそういうやましい心の持ち主だから、みんなそう見えるんですよ」

「なんだとコラ」庵崎はマウスを投げつけた。「ならおめえが選べ」

萩維は受けとったマウスを机の上に戻した。「勘のいいガキが増えたんじゃないですか。やばそうな募集に手をださなくなってきてるんです。十代の死体があちこちで見つかってると報道にでてるし」

「社長が腰を低くしてつきあってる、ＥＬ累次体の一員だかなんだか、あの御仁な。死体も闇から闇に葬ってくれねえのかよ。警察を意のままに動かせるんなら、そこまでしてくんなきゃだろが」

「すげえ上のほうからの圧力でしたっけ？　だから下々の所轄までは、なかなか命令が行き渡らねえんでしょう。警視庁の偉いさんのほうは操れるけど、そこいらの生活安全課になると、昔気質《むかしかたぎ》の刑事どもを抑えられねえとかききましたが」

　庵崎は顔をしかめてみせた。「偏りがひでえんだよ。都内の交番勤務の警官にも、ＥＬ累次体の命令どおりに動く兵隊はいるって話だ。なのに警視庁でも捜査一課は野放し。ほんとに俺たちゃ安泰なのか？　上納金に見合うだけの恩恵があるんだろうな」

　ドアが開いた。髭面《ひげづら》の堂森剛史が黒ずくめの巨体を揺すりながら近づいてきた。指先につまんだメモリーカードを庵崎に差しだす。堂森がいった。「またデータの追加だ」

「そっちを先に見てみるか」庵崎はパソコンからメモリーカードを抜き、堂本の持ってきた物と交換した。マウスをクリックすると、表示される氏名一覧が切り替わった。

　萩維が堂森を仰ぎ見た。「楊汰の死体、もう見つかっちまいましたね。ニュースでやってました」

　堂森が浮かない顔になった。「重機を山奥に運ぶとかえってめだつからな。東京湾で手早く済ませろって、塘爾社長がいうんで」

　庵崎はモニターを眺めながらつぶやいた。「それでいいんじゃないスか。受け子のガキの処分に金なんかかけられねえっすよ。EL累次体ってのが警察を抑えててくれりゃ、余計な手間も……。おっ、こいつは?」

　萩維がきいた。「なんです?」

　病弱そうに痩《や》せこけた小娘の自撮り画像がある。中三だった。名は渚伊桜里。庵崎は身を乗りだした。「こいつは驚いた! 優莉匡太の六女じゃねえか」

「優莉……やばくねえですか」

「なにがやべえんだよ? 優莉架禱斗やら智沙子やらが死んで、あの大事件もとっくに過去だぜ? こいつもガキすぎて、親父の影響なんか全然受けちゃいねえよ」

　堂森が腕組みをした。「身辺は洗った。いじめが酷《ひど》くてひと月半、休んでたみたいだ。その後、復帰した日にクラスメイトと喧嘩《けんか》になり、また出席停止を食らったとか」

　萩維が眉《まゆ》をひそめた。「喧嘩?」

　庵崎はタバコを灰皿に押しつけた。「せいぜい爪で引っ掻《か》き合ったすえ、どうせ一方的にボコられただけだろ。いじめの被害者なのに声もあげられず、喧嘩両成敗とばかりに出席停止を食らっちまう弱腰な小娘。おあつらえ向きじゃねえか」

受け子はなにより社会に見放されていることが肝心だ。敵視され忌避され、完全に疎外されていればなおよしといえる。保護者が行方不明者届をだすなど論外、いなくなることを望まれる存在であってほしい。凶悪犯の子供は受け子に適している。むろん親がとっくに死亡していることが条件となる。

この伊桜里という小娘の場合、同情する者が皆無に等しいのも好ましい。ふつうの不良よりは有名人に分類されるのが少々鬱陶《うっとう》しいが、今回の受け子は早めに任期が終わる。雇われて即、犠牲になる運命だ。人目を引く暇などありはしないだろう。

出席停止や停学中に居場所を求め、闇バイトと薄々気づきながらも、応募してくる中高生は多い。孤立の果てに、ほかにどうしようもなくなったガキこそ、受け子を真剣に務めあげる。伊桜里もそのひとりだろう。庵崎は膝《ひざ》を打った。「きめた。こいつにしよう」

萩維がなおも不安げに提言した。「社長にきいてからのほうがよくないですか? いちおう有名人のガキですし」

「馬鹿いえ。受け子の人選は俺に一任されてるんだよ。こんなちっぽけな話で塘爾社長の手を煩わせられるかってんだ」庵崎はマウスを操作し、画面に表示されたデータをプリントアウトした。「あの架禱斗の妹だ。ふだんから石を投げられて生きてきたんだろうぜ。俺たちが歓迎してやろうじゃねえか。三途《さんず》の川の渡し船によ」

20

夜の路線バスは墨田《すみだ》区の下町界隈《かいわい》を走っていた。帰宅ラッシュの時間帯は終わり、車内はがらんとしている。バス停で乗客が三人降りると、残るは最後列の座席に並ぶ、結衣と伊桜里だけになった。

結衣はボウタイブラウスにデニムという、いかにも家に帰る女子大生といういでたちにしていた。伊桜里のほうも私服だった。ニットベストに膝丈スカートの、ややダサめなコーデは、友達のいない中三という印象を強めるためだった。

運転手以外にはほかに誰もいない。結衣は並んで座る伊桜里にささやいた。「事情はだいたい話したとおり。EL累次体っていう不穏な勢力が、司法の根幹を揺るがしてる。勢力を下支えする反社組織にとって、受け子は使い捨て」

伊桜里は緊張の面持ちで応じた。「なんだか夢見てるみたい……。その受け子になれってことだよね」

「いまから行く武井戸建設は、暴力団の看板は掲げてないけど、実質的に反社そのもの。受け子の使い捨てのサイクルの速さから、EL累次体の一員とつながってる可能性が高くてね。でもそれが誰なのか、たぶん社長以下一部の奴らしか知らない。問い詰めても口を割らない」

かつて内気で世間に疎かった伊桜里は、もうかなり優莉家の娘らしくなっていた。

「受け子なんて下っ端だろうし、組織の蚊帳《かや》の外なんでしょ？　EL累次体の人が誰かなんて、受け子のわたしが知る機会なくない？」

「もちろん紹介はされないでしょ。だけど武井戸建設はたぶん、世話になってるEL累次体の一員に、しょっちゅう上納金を払ってる」

「上納金……？」

「正体を伏せてる以上、銀行振り込みにはできないし、現金書留を送るわけにもいかない。お金は絶対にバレない方法で、EL累次体の一員に渡さなきゃいけない。そのために受け子を使ってると思う」

受け子は富裕層の家を片っ端からまわる。特殊詐欺の金を受けとるためだが、それ以外にも無関係の家を多く訪ねることで、捜査を攪乱《かくらん》するのが常套《じょうとう》手段だ。詐欺の標的でなくとも、金持ちの豪邸を訪ねた受け子は、他愛もない会話をしてから外にでる。もし刑事が尾行していたら、それらの住民に事情をきかざるをえなくなる。無駄な動きが増えるばかりの所轄警察を、反社組織は冷静に翻弄《ほんろう》しつづける。

しかし武井戸建設はおそらく、受け子が訪ねる無関係の富豪宅のなかに、ＥＬ累次体の一員の家を紛れこませているのだろう。受け子はふだん金を受けとるためのバッグやリュックを持ち歩くが、ＥＬ累次体メンバーの居所を訪ねたときだけ、金を受けとるのではなく渡す。これは受け子にとっていちどきりの仕事だ。金を渡し終えたのち、受け子はほどなく始末される。

かつて野放図も似たようなやり方で上納金を受けとっていた。闇社会の常識を考えるに、ＥＬ累次体メンバーへの上納金の支払い方法は、これ以外にありえない。

結衣はいった。「伊桜里が大金を預けられて、どこかの家へ持って行くように指示されたら、そこがＥＬ累次体メンバーの自宅」

伊桜里が結衣を見つめてきた。「そういう指示を受けたら、結衣お姉ちゃんに知らせればいいんだよね？　電話かラインで連絡するの？」

「スマホは取りあげられると思う。エアタグ一枚持たせられない。怪しまれたら一巻の終わり」

「ならどうすればいい？」

「武井戸建設の事務所から曳舟《ひきふね》駅まで歩く途中、東向《ひがしむこう》島《じま》八の十七の二に、半沢《はんざわ》荘っていう長屋がある」

「……メモをとっちゃ駄目だよね？」

「駄目。その長屋の6号室を、紗崎玲奈さんが偽名で借りてくれた。道沿いに郵便受けがあるから、通りすがりに手紙をいれといて。尾行には気づかれないように」

「お金の届け先の住所を書いて、郵便受けにいれればいいんだね。わかった。でも……」

「なにか心配？」

「出席停止は一週間でしょ。そのあいだにそういう指示を受けなかったらどうするの？」

「いまEL累次体は金欠だから、頻繁に上納金を要求してると思う。受け子らしき少年の死体が次々に発見されてるのはそのせい。支払いはきっと直近にある」

伊桜里が不安のいろをのぞかせた。「お金を届け終えたら……。わたしも殺されちゃうってことだよね」

「それより早く助けに行く」結衣は伊桜里に目を向けた。「怖い？」

「全然」伊桜里は笑った。「あるていどは自分でなんとかできそうだし」

「無茶はしないで。相手はプロだし」結衣は言葉を切った。黙っているうちに気が鬱してくる。複雑な思いとともに結衣はつぶやいた。「ひどい姉でしょ」

「どこが？　こんなやりがいのあることに送りだしてくれるなんて、結衣お姉ちゃんには感謝しかない」

「せっかく地獄から抜けだしても、わたしが教えることは犯罪ばかり。いまもそれを活用して、危ない橋を渡るよう強要してる」

「嫌ならやらなくてもいいっていってくれたでしょ？　わたしは自分の意思で行きたいと思ったの。結衣お姉ちゃんみたいになりたいし。いまはなれるんじゃないかって、少しは信じられるようになってきたし」

「……命懸けなのに変わりはない」

伊桜里の潤みがちな目が結衣をじっと見かえした。「もとの暮らしのままでもそうだった。っていうより、もう死んでた。相模湖に身を投げたんだし。死んで、また生きかえった気がするの。結衣お姉ちゃんは希望をあたえてくれた」

胸が痛くなる。これが良心の呵責《かしやく》というやつか。柄にもない気分だと結衣は自覚した。たぶん傍目《はため》から見れば、結衣が妹を義理の両親から救いだしたまではいいが、その後は洗脳以外のなにものでもない、そう解釈するだろう。坂東が知れば血相を変えるにちがいない。玲奈もだ。彼女は理由をきかず長屋の一室を借りてくれたが、伊桜里にまつわる事情は知らない。

世間に馴染《なじ》むすべをいっさい教えず、妹に孤立するばかりの道を歩ませている。結衣がそんな生き方しか知らないせいだ。けれども優莉匡太の子に生まれてしまったからには、不可避の運命もある。どうせまともには暮らせない。社会の裏側を知りすぎているのが、その大きな理由だった。

品行方正な日々を送ったとしても、世のなかはその清廉潔白ぶりに対し、安全を保障してくれるわけではない。罪がなくとも凶悪犯罪の犠牲になってしまう。犯人が逮捕され、裁判にかけられようとも、そもそもの理不尽さは解消されない。被害者はなぜ死なねばならなかったのか。その疑問に答えてくれる大人はいない。

だから法になんか従えない。ＥＬ累次体が蔓延《はびこ》る昨今ならなおさらだった。自分の身は自分で守るしかない。正直に世の本質を教えようとすればこうなる。妹がなにも知らないままでいれば幸せだとは思えない。いつ不条理にも命を奪われてしまうともしれないからだ。

ＥＬ累次体は司法を歪《ゆが》め、秩序を崩壊させ、無法者が跳梁跋扈《ちょうりょうばっこ》する世を創りだそうとしている。あんな身勝手な大人たちは、皆殺しにしても飽き足らない。あいつらがいたのでは国家が根底から腐りきる。警察までがどんどん浸食されていく。いまＥＬ

累次体のメンバーを探しだし、ぶっ殺せる立場にあるのは、世間から完全に切り離されてしまった、元死刑囚の父と国賊の兄を持つ小娘ぐらいだ。

だから妹にもそれを実践させる。本当はふつうの女子中学生として歩んでほしかった、そんな心情はたしかに残る。結衣自身、ただの女子高生になりたかったのと同じだ。いまに至ってもなお、どこにでもいる女子大生になりたいと願う。

とはいえ現実は理想どおりにいかない。血なまぐさい世界にしか生きられない。真の意味での思慮など存在しないのが社会の正体だ。優莉家には幻想を見る自由がない。現実を直視する日々を送る以外にない。

伊桜里のささやきが耳に届いた。「結衣お姉ちゃん」

結衣はいつしかうつむいていた。顔をあげながら結衣はきいた。「なに？」

「どうして黙ってるの？」

自然に顔を見合わせた。伊桜里の無垢《むく》なまなざしが無言のうちに問いかけてくる。正しいんだよね、伊桜里はそうきいていた。信じていいんでしょ。そんなふうにたしかめたがっている。

なにをいっても野暮に思える。自分に姉がいたとして、こういうときになにを話してほしいだろう。結衣は想像のままにつぶやいた。「しまむらの服、似合ってる」

伊桜里が目を丸くした。笑いながら怒るふりをしてくる。「もう。お姉ちゃんが着ろっていったんじゃん」

「これが終わったら伊桜里の好きな服を買ってあげるから」

「ほんとに？　ならシーインがいい。ローリーズファームかラブトキシックでも」

貧乏暮らしを送っていたころには知りえなかったブランド。最近になって調べたのだろう。結衣はうなずいた。「約束する」

「原宿《はらじゅく》に行きたい。結衣お姉ちゃんと一緒にクレープ食べるの」

「わたしそういうのはちょっと……」

「ならきょうこのまま帰る」

「……伊桜里」

「冗談だって」伊桜里は屈託のない笑みを浮かべた。「結衣お姉ちゃんが嫌がるようなことはしない」

しばし思いをめぐらせる。自分に姉がいれば、こういうときこそ譲歩してほしいのではないか。

幼いころ、双子の姉の智沙子とは、ずっと疎遠だった。記憶がまちがいであってほしいが、架禱斗や篤志《あつし》に甘えの感情を抱くこともしばしばあった。架禱斗が分け与えてくれたメロンパンの味がいまだに忘れられない。現在に至っては憎しみしかないのに、まったくふしぎな感覚だった。たぶん幼少期に感じた兄の架禱斗と、本物の架禱斗は別人なのだろう。

結衣は小声で告げた。「原宿へ行ってもいいよ」

「ほんとに？」伊桜里は大げさなほどに驚きをしめした。「クレープは？」

「……まあ、甘くないやつがあれば」

「嬉《うれ》しい！　結衣お姉ちゃん、大好き」伊桜里が抱きついてきた。

触れあう肌の温もりに、また罪悪感が募ってくる。妹が高いところを怖がるままにはしておけなかった。教えたことは正しい。そう自分にいいきかせようとも、やはり伊桜里が気の毒に思えてくる。こんな姉でなかったら。

車内にアナウンスが響き渡った。次は善久《ぜんきゅう》。善久です。

伊桜里は身体を起こすと、ボタンに手を伸ばした。「降りるのは善久だったよね？　押さなきゃ」

ブザーが鳴った。次停まります、前方にそう表示される。善久のバス停は武井戸建設の真ん前にある。もう目的地に到着してしまった。

未成年の探偵業務助手を募集していたのは、グローバル調査という企業のはずが、なぜか建設会社。その時点で胡散臭《うさんくさ》すぎるが、それでも足を運ぶ未成年が後を絶たないのだろう。この世のなかは歪んでいる。

ほどなくバスが停車した。窓の外には暗がりがひろがる。街灯はごく少ない。片側一車線の道路沿い、コンクリートの高い塀に囲まれた敷地が見えている。あれが武井戸建設にちがいない。

リュックを肩に掛け、伊桜里は立ちあがると、満面の笑みで手を振った。「じゃ行ってきます。お姉ちゃん」

陳腐であっても、このひとことしか口にできない。結衣はささやいた。「気をつけて」

伊桜里がステップを下りていく。結衣の視線は自然に落ちた。胸のうちに疼《うず》くのが苦悩だと徐々に気づかされる。おこないの正当化はできる。だが父が幼い結衣たちにしていたことと、なにがちがうのだろう。

21

伊桜里はひとり闇のなかに歩を進めた。幹線道路の道幅は狭めだが、いちおう二十三区内に位置するはずなのに、奇妙なほどクルマどおりが少なかった。バスの赤いテールランプが走り去ると、辺りはほぼ真っ暗になった。

コンクリートの塀には車両通行用の門があり、夜間だというのに開放されている。伊桜里は腰が引けながらも歩み寄った。門柱には武井戸建設株式会社とあるが、インターホンは見あたらない。このままなかに入ってもいいのだろうか。

建物内に呼びかけるすべもないため、伊桜里は敷地に足を踏みいれた。重機やトラックが野ざらしに駐車してある。資材もいたるところに積んであった。

三階建ての社屋の窓にはすべてブラインドが下り、ところどころ隙間から明かりが漏れている。ただしエントランスは消灯していた。傍らのポーチにも電灯は点《つ》いておらず、観音開きのドアは閉ざされたままだ。

ここにもやはりインターホンがない。伊桜里は結衣から教わったとおり、ドアに向かい立った。顔をあげることなく目だけを動かし、ひそかに赤外線照射LEDを探す。ドーム型暗視カメラは軒下にあった。たぶん門を入ってきたときから、ずっと観察されていただろう。

解錠の音が響いた。ドアの片側だけがゆっくりと開いた。非常灯のみが照らす玄関ホールは上り階段を備えている。人影はわずかな光量を背に、不明瞭《ふめいりょう》に浮かびあがるのみだった。

それでもよく目を凝らすと、革ジャンのシルエットが見てとれた。頭髪が古めかしいリーゼントなのもわかる。予想よりも若い声、二十代前半ぐらいの男がきいた。

「渚伊桜里か？」

大人から呼び捨てにされることにアレルギーがある。思わず鳥肌が立ち萎縮《いしゅく》してしまう。伊桜里は小さな声で応じた。「はい」

「来な」リーゼント頭が奥へひっこんでいった。

伊桜里は戸惑いがちに、頭をさげつつ歩を踏みだした。「失礼します……」

やや古びた感じの建物内を二階へ上っていく。踊り場の壁には貼り紙を剝《は》がした跡がいくつも見受けられる。全体的に薄汚れていた。社内の美観にはあまり留意していないようだ。

二階の廊下をしばらく進み、リーゼント頭がひとつのドアの前に立ちどまる。ノックもせずにいきなり押し開けた。伊桜里を招きいれながら、リーゼントも室内に入った。

狭く雑然とした部屋は、壁際に段ボール箱が堆《うずたか》く積みあげられ、半ば物置の様相を呈していた。窓はブラインドで閉ざされている。奥にもうひとつドアがあった。室内の中央には事務机が据えられ、二脚の椅子にそれぞれひとりずつが座り、伊桜里をじっと見つめてくる。

ひとりはリーゼント頭と同世代の男で、フード付きでぶかぶかの柄ものジャージを着ていた。鋭い視線を伊桜里に向けつづける。もうひとりは酔っ払いのように目尻《めじり》が垂れ、口を歪《ゆが》めた男で、くたびれたワイシャツ姿だった。老け顔だがよく見ればやはり二十代だろうか。

リーゼントは立ったままだった。フード付きジャージがリーゼントを指さした。「そいつは萩維。俺は庵崎。こいつが鯉鮫《こいざめ》。おめえの面倒は、だいたい俺たち三人でみる」

伊桜里は頭をさげた。「よろしくお願いします……」

「さて」リーゼントの萩維が伊桜里の肩からリュックを奪いとった。「服を脱ぎな」

唐突に困惑がひろがる。伊桜里がたじろいでいると、鯉鮫という名の垂れ目が、さも嬉しそうに笑った。

萩維はドアを閉じるや、リュックを事務机の上でひっくりかえした。ぶちまけた中身を乱暴に漁《あさ》る。結衣が伊桜里に買ってくれた格安スマホや財布は、萩維のポケットに消えていった。

また萩維が一瞥《いちべつ》した。「さっさと脱げ。おい鯉鮫、着替えを持ってこい」

鯉鮫は不本意そうに萩維を見かえした。「いま席を外せってのかよ」

庵崎も声を荒らげた。「いいから行け」

どうやら鯉鮫は三人のなかではいちばん格下にあたるらしい。鯉鮫が渋々といったようすで腰を浮かせた。未練がましく伊桜里を横目に見ながらドアの外へでていく。

ふたたびドアが閉じると、庵崎がじれったそうにいった。「なあ伊桜里。これからは伊桜里って呼ぶからな。変なことをしようってんじゃねえ。医者にいわれれば服を脱ぐだろ？　それとおんなじだ」

意志を強く持とうとしていたが、それでも動悸《どうき》の亢進《こうしん》を抑えられない。ただし怖《お》じ気づいてはいても、躊躇《ちゅうちょ》に全身が凍りついたりはしなかった。むしろ伊桜里は迷わず服を脱ぎだした。恐怖に駆られると思考が停止してしまう。命令に従順に従うことが、自分の身を守るすべになる。弱さとともに身に染みついた、好ましくない条件反射なのはわかっている。それでも自制できない。

気持ちが切り替わってしまえば、脱衣という行為にはなんのためらいも生じなかった。入浴前と同じだ。羞恥心《しゅうちしん》はすっかり頭から遠ざけてしまっていた。強い口調で従属させられると、自分の思いはどうでもよくなる。飼い慣らされた犬に似ていた。そんな自分を冷静に見つめる、もうひとりの自分の存在にぼんやりと気づく。己を客観視する感覚は、結衣によって育てられたのだろう。また大人の支配から逃れられずにいることに悔しさが募る。涙も滲《にじ》んでくる。いまはいわれたとおりにするしかない。

伊桜里は身につけたものをすべて取り払い、一糸まとわぬ裸になった。脱ぎ散らかした服を、萩維がまとめて拾い、ゴミ袋に押しこんだ。

庵崎が立ちあがった。「いま着替えが運ばれてくる。そいつを着てまってろ」

服の入ったゴミ袋を携えた萩維が、奥のドアを入っていく。隣は事務室らしき部屋のようだ。庵崎もそちらに移っていき、後ろ手にドアを叩《たた》きつけた。室内には全裸の伊桜里だけが残された。

当惑を深めながらたたずんでいると、廊下に面するほうのドアが開いた。

鯉鮫が畳まれた衣服を手に入室してきた。すかさず鯉鮫は伊桜里の裸身に目をとめた。とたんに伊桜里は嫌悪を感じた。鯉鮫が鼻をひくつかせながら距離を詰めてくる。手を伸ばすと伊桜里の身体のあちこちを撫《な》でまわした。虫唾《むしず》の走るような不快感に、伊桜里はあわてて身を退かせた。

その素振りはかえって鯉鮫を喜ばせてしまったらしい。鯉鮫は鼻息荒くいった。

「おい。机の上に乗って、脚をひろげろ」

「……あの」伊桜里は震えながらきいた。「なんでそんなことを……」

「おめえの身ぐるみを剝いだのは、変なモンを隠してる可能性があるからだろが。女は股《また》のあいだに押しこめる場所があるだろ。そこを見せろってんだよ」

「そんなこと……。なにもありません」

「いいから見せろってんだ、能なし小娘。ぶっ殺すぞ!」鯉鮫がつかみかかってきた。

両腕を強く掌握され、伊桜里は思わず悲鳴を発した。すると奥のドアが弾《はじ》けるように開き、萩維がつかつかとでてきた。

「馬鹿野郎!」萩維が鯉鮫に怒鳴った。「勝手な真似すんな。来い!」

鯉鮫は引っ張られていき、萩維とともにドアの向こうに消えた。ドアが閉じても話し声はきこえてくる。萩維の声が早口にまくしたてた。スケベ心もいい加減にしやがれロリコン。雇用したばっかの受け子を傷モンにしたら、社長に顔向けできねえだろが。

でもよお、と鯉鮫が情けなくぼやいた。いっそう声をひそめ、鯉鮫がなにやらささやく。

どんなことを喋《しゃべ》っているのか気になる。伊桜里は段ボール箱の上からガムテープのロールを手にとった。A4サイズのチラシを一枚、ロールの片側に押しつける。テープの糊《のり》は側面にもはみだしているため、紙は軽く貼りつく。

結衣に教わったやり方だった。伊桜里は足音を忍ばせドアに近づいた。紙の貼られた側を手前に、ロールをドアにそっと這《は》わせる。片耳を紙の中心にくっつける。これでドアの向こうの声は、糸電話のように明瞭にきこえる。

グラスの口を壁に押し当て、底に片耳を密着させる盗聴法は、さして効果がないと結衣がいった。最近のグラスは頑丈になったため、音響結合による音波の伝達が充分でないらしい。結衣が推奨するいくつかの方法のうちひとつが、このガムテープと紙だった。

鯉鮫の声がぼやきぎみにささやいた。「なら受け子を処分するってきまったら、俺に三十分ほど預けてくれねえかなぁ」

庵崎のつぶやきが応じる。「三十分は長《なげ》え。せいぜい十分で済ませろ」

「ちぇっ。仕方ねえな。わかった。遊んでから息の根を止めるのも引き受けてやる」

萩維の声が揶揄《やゆ》の響きを帯びた。「なにが引き受けてやるだ。そこはおめえの楽しみのひとつだろが。死体の処分もやっとけよ。そこまでして初めて会社への貢献になるんじゃねえか」

肝が冷える。全裸のまま地肌に感じる寒さが尋常でなくなる。きかなければよかった。伊桜里はドアの前を離れようとした。ところがガムテープがドアに貼りついてしまった。引き剝《は》がそうとすると、ロールは紙ごと伊桜里の手から飛び、床に跳ねた。耳障りな音がはっきりと響いた。

「なんだ？」萩維の声がきこえた。

総毛立つ思いとともに伊桜里は立ちすくんだ。ドアが開き、萩維が顔をのぞかせた。事務室で庵崎は肘掛《ひじか》け椅子におさまり、妙な顔をこちらに向けている。鯉鮫も目のいろを変えつつ駆け寄ってこようとした。

そんな鯉鮫を押し留めつつ、萩維が伊桜里を睨《にら》みつけた。「なにやってる」

萩維の目が床に向いた。ガムテープのロールが転がっている。少し離れた場所に、剝がれたチラシも落ちていた。伊桜里は恐怖のあまり泣きそうになった。すべてバレてしまったにちがいない。

「ああ」萩維が鼻を鳴らした。「鍵《かぎ》がないからガムテを貼って塞《ふさ》ごうとしたんか。中坊の浅知恵だな。のぞきゃしねえからさっさと着ろ」

またドアが叩きつけられた。伊桜里は思わずびくっとし、ひとりすくみあがった。

やがて緊張が少しずつ解けてくる。伊桜里はため息をついた。畳まれた衣服を手にとり、そこに顔をうずめた。声を殺しながら泣いた。助かった。結衣の言葉が脳裏によみがえってくる。グラスを使う方法が好ましくない理由はもうひとつある。手にしているのを見つかった時点でチンピラに殺されるから。ガムテープと紙はまだあまり知られていない方法だし、グラスより明瞭《めいりょう》にきこえる。だが伊桜里のなかには後悔だけがあった。きくべきではなかった。

伊桜里は顔をあげた。いつまでも涙に暮れている場合ではない。まだ手は震えるものの、ブラウスをゆっくりと広げにかかった。どこにいても怯《おび》えるばかりで自分がない、そんな人生を変えたい。怖くないといえば嘘になる。それでも前に進むしかない。

22

支給された服は古めかしいブラウスにミニスカート、ニーハイソックスという、いかにも男が選んだ一式だった。中三女子が自分の意思で選ぶには不自然だが、たぶん反社の大人たちには、ファッションのちがいがわからないのだろう。よほど奇をてらった服でないかぎり、着替えを嫌がるなと結衣はいった。いまは助言のとおりにするしかない。

姿見の前で襟もとを整えながら、伊桜里はぼんやりと思った。こうしているときには恐怖心もさほど生じない。ひとりきりで知らない場所にいる不安は、たぶん家庭に恵まれた子ほどには感じない。けれども恫喝《どうかつ》するような声には、たちまち勇気が萎《な》えしぼみ、従属への迷いを失ってしまう。威圧的な態度にはどうしても怯えざるをえない。高いところが怖くなっても、まだ大人の見下ろしてくる目つきには慣れない。

奥のドアが開き、庵崎が室内に戻ってきた。「着終わったか。ついてこい」

伊桜里は庵崎につづき廊下にでた。後ろを萩維と鯉鮫が固める。立ちどまる自由はなかった。背後のふたりが足ばやに急《せ》き立ててくる。伊桜里は庵崎に引き離されまいと躍起になった。

階段を上り、三階のドアを庵崎がノックした。装飾に凝った高価そうなドアだった。そこを入ると、まるで西洋の城の内部のような、アンティーク調の豪華な部屋があった。伊桜里の知識ではそれ以上の形容は不可能だった。

大きなデスクの向こう、六十近いスーツの男が革張りの椅子におさまる。髪も眉《まゆ》も灰いろ、眉間《みけん》の皺《しわ》は彫刻のごとく硬そうで、けっして弛緩《しかん》しないように見えた。そのわきには黒シャツに黒ズボンの巨漢が控える。巨漢の髭面《ひげづら》も油断のない視線を投げかけてくる。

デスクの男に対し、庵崎が社長と呼びかけた。庵崎は社長なる人物に、ぼそぼそと報告を始めた。

そのあいだに萩維が説明してきた。「伊桜里、うちの塘爾社長だ。そっちの大男は堂森。頼れる奴だ」

伊桜里は恐縮とともに会釈した。塘爾はちらと伊桜里を見たものの、うなずきもせず庵崎と話しこんでいる。

妙な気分がこみあげてくる。受け子は組織から切り離され、内情もろくに知らないまま、ただパシリを命じられるだけではなかったのか。なぜ次々と紹介を受けるのだろう。

塘爾は黙ったまま顎《あご》をしゃくった。庵崎が納得したような顔でまたドアに引きかえした。萩維や鯉鮫がせっついてくる。伊桜里は庵崎につづくしかなかった。

廊下にでると庵崎がいった。「伊桜里。さっそく最初の仕事にでかけてもらう。萩維の運転するクルマに乗ってけ」

伊桜里は急に心細くなった。「仕事……ですか」

「簡単な集金だけだ。ある家でババアが金を用意してまってる。それを受けとってくりゃいい」

なぜ建設会社が未成年の探偵業務助手を募集していたのか。しかも受け子の仕事にどう説明をつけてくるか、おおいに見ものだと結衣は話していた。だがいま先方はなにひとつ理由をこじつけたりしない。伊桜里の役割は反社に雇われた受け子だと、早々に悟らせようとしているようでもある。これが武井戸建設のやり方かもしれない。

庵崎が小声で告げてきた。「おめえみたいな臨時雇いを、社長にまで引き合わせたのはな、命令する大人の顔ぶれをはっきりさせとくためだ。いま紹介した人間以外のいうことに耳を傾ける必要はねえ。わかったか？」

「はい」伊桜里は返事した。

「俺たちは忙しい。手があいてる奴がおめえに仕事を命じる。おめえは四の五のいわず、すぐに行動しろ。寄り道はなしだ。余計なこともいっさい口外すんな。それだけやりゃバイト代はちゃんと払ってやるし、寝床も用意してやる」

今度は返事をきかず、庵崎はその場を立ち去っていった。伊桜里が庵崎の背を見送っていると、萩維がじれったそうに呼びかけてきた。

「おい伊桜里」萩維の低い声がこだました。「ぼやっとするな。こっちだ」

伊桜里は萩維につづき階段を駆け下りていった。ちらと頭上を仰ぐと、鯉鮫が三階に留《とど》まったまま、にやにやしながら見下ろしていた。

悪寒が走る。けれどもいまは臆《おく》している場合ではない。伊桜里は萩維を追い、一階の裏口から外の暗がりにでた。

社屋の裏手に大型セダンが停まっている。萩維が運転席におさまり、すでにエンジンをかけていた。さっさと乗れと目でうながしてくる。伊桜里は冷や汗を掻《か》きつつ助手席に乗りこんだ。

ヘッドライトが点灯し闇を照らした。萩維がステアリングを切り、クルマをゆっくりと発進させる。暗い公道を走りだした。どこへ向かうのかまったくわからない。だが伊桜里の心はふしぎにも落ち着いてきた。やはり怒鳴られさえしなければ平静さを保てるようだ。突然の高圧的な命令口調には抗《あらが》うすべを持たない、そこが問題かもしれない。克服できるときが来るだろうか。

クルマは閑静な住宅街に乗りいれた。ほんの数分しか走行していないものの、もう目的地に着いたらしい。路肩に寄せ停車すると、萩維は後部座席から空のスポーツバッグを手にとり、伊桜里の膝《ひざ》に投げつけた。

「持ってけ」萩維が淡々といった。「用件をたずねられたら、トワミさんの件だといえ。一分以内に集金してこい。遅れたら置いてくからな」

伊桜里は急ぎドアを開け降車した。やたら大きな戸建ての前だった。いわゆる豪邸の部類だろう。今度の門柱にはインターホンがあった。表札には向田《むこうだ》とある。

ちらと後方を振りかえると、萩維のクルマはエンジンを切り待機していた。運転席から無言の圧をかけてくる。

門柱に向き直った伊桜里はインターホンのボタンを押した。しわがれた女性の声が応答した。「はい」

「トワミさんの件でうかがいました」

「……どうぞ」

門扉に手をかけるとすんなり開いた。伊桜里は小走りに庭を駆けていき、玄関前に到達した。もう残り何十秒だろう。

玄関のドアが開いた。痩《や》せた高齢の婦人のやつれた顔がのぞいた。一見して富裕層とわかる上品な身なりをしている。靴脱ぎ場のわきにあるシューズボックスに、二十センチ四方ぐらいの包装された荷物が置いてある。

札束にちがいない。伊桜里は身を乗りだしながら、スポーツバッグのジッパーを開けた。荷物に手をかけ、バッグのなかに落としこもうとする。

すると老婦がすがりついてきた。「ねえ。このお金でトワミはすぐ手術してもらえるんですよね？　岩田《いわた》先生はもう一年もつかどうかの命といってたけど、ほんとに助かるのよね？」

「さあ」伊桜里は目を合わせなかった。「きいてません」

「お願い！　最後に確認して。あなたこのお金をどこに届けるの？　スイスから来た医師会の人たちにちゃんと渡す？」

「はい」

「わたしも一緒に行くから」

「それは困ります」

「どうして？　トワミの手術のときにはわたしも立ち会うのよ。あの子、ひとりじゃ可哀想じゃない」

　老婦のうったえは切実だった。目に大粒の涙が膨れあがっている。事情を知りたくなくても薄々わかってきた。トワミというのは孫だろうか。岩田先生とは主治医にちがいない。余命一年の宣告に対し、スイス医師会の手術うんぬんは武井戸建設の仕掛けた詐欺にちがいなかった。

「連れてって」老婦の泣き腫《は》らした目が凝視してきた。「このお金はね、おうちもなにもかも売って、いろんなとこから借金して作ったの。わたしにはもうなにもない。せめてトワミが助かってくれれば……」

「ちゃんと渡すと約束します」

「医師会の人たちがお金を受けとるところを見たいの。病院で手術の準備を整えて、まってくれてるんでしょ？　一緒にそこへ行きたい」

もう時間がない。伊桜里は荷物をスポーツバッグにおさめようとした。「わたしはお金を受けとるよう頼まれただけなんで」

「まって！」老婦はむきになり荷物を両手でつかんだ。「連れて行ってくれないのなら、これは渡せない」

老婦の切実なまなざしが間近に見つめてくる。伊桜里は黙って老婦を見かえした。こんなときにどうするか、結衣が事前に教えてくれた。伊桜里は荷物をひったくりながら、かつて口にしたことがない台詞《せりふ》を吐いた。「さっさと寄越《よこ》せババア！」

ひるんだ老婦が身を引いた隙に、伊桜里は荷物をバッグに押しこんだ。ただちに身を翻し退散にかかる。

だが老婦が戸口まで追いすがってきた。「まってよ。お金をどうする気？　あなたたちは本当にトワミの手術代を……」

振り向きざま伊桜里は老婦を突き飛ばした。老婦は靴脱ぎ場で転倒し尻餅《しりもち》をついた。痛がる老婦の顔を伊桜里は冷やかに見下ろした。玄関ドアが自然に閉じていく。伊桜里は踵《きびす》をかえし、足ばやに庭を突っ切った。

門から駆けだし、前に停めてあるクルマの助手席に乗りこむ。運転席の萩維にスポーツバッグを引き渡した。

バッグを受けとった萩維がダッシュボードを一瞥《いちべつ》した。「四十二秒も超過しやがった。話にならねえ」

クルマのエンジンをかけることなく、萩維はその場でバッグを開け、荷物の包装を破きだした。なかから現れたのは札束ではなかった。新聞紙や雑誌の切れ端が大量に折り重なっている。

萩維はスイッチを操作し、助手席側のサイドウィンドウを下げた。身を乗りだしつつ萩維は豪邸の玄関先に怒鳴った。「ママさん！　ありがとよ」

伊桜里はそちらに目を向けた。玄関のドアが開け放たれ、数人の男たちとともに、さっきの老婦が庭先にでていた。老婦のくわえたタバコに、男のひとりがライターで火をつける。ふてぶてしい態度で老婦が煙を吹きあげた。本当は金持ちでもなければカタギでもないとわかる。伊桜里に対しては忌々《いまいま》しげな目つきで睨《にら》みつけてきた。突き飛ばされたことに腹を立てているのだろう。

心がいっそう冷えてくる。結衣が予想したとおり初回の仕事はテストでしかなかった。金の受けとりには躊躇《ちゅうちょ》せず、もし渡すのを拒まれた場合は、強引に奪うようにと結衣は指示した。テスト要員は高齢の婦人で、おそらく伊桜里の同情を誘おうとする、そこまで結衣は読んでいた。なにもかも的中した。

萩維はため息をついた。「モタモタと遅かったが、ちゃんと務めを果たしたのは見込みがある。まあ合格にしてやる」

採用を告げられたあとのリアクションも、結衣から指導を受けていた。こわばった表情で萩維に向き直る。声が震えるのは演技の必要もない。伊桜里はきいた。「あの……どういうことですか」

「間抜け。いまのは試験だったんだよ。会社に戻るぞ」萩維がクルマのエンジンをかけた。

豪邸の庭で老婦が火のついたタバコを投げ捨てた。ガレージからクルマがまわされ、男たちが後部ドアを開ける。老婦は不機嫌そうに乗りこんだ。やはりここに住んでいるわけではないようだ。すると本物の家主はどこだろう。まさかこのテストだけのために……。

伊桜里の疑念をよそにクルマが走りだした。老婦たちの挙動は見えなくなった。伊桜里はカーナビを観ないようにし、ただ視線を落とした。場所がどこだったか知りたくない。なにもかも忘れたい。

23

塘爾行宗社長は武井戸建設の敷地内、離れのプレハブ小屋にいた。ベニヤ板が剝《む》きだしの殺風景な室内には、テーブルひとつだけが据えられている。椅子は一脚もない。

来客は暴力団の世話になっていた若いころからの知り合いだった。いまも蔦原《つたはら》化薬工業で技術職を務める五十五歳、宇宿《うじゆく》は瓶底のような老眼鏡をかけ、テーブル上で半田付け作業を進めている。焦げくさいにおいが漂う。

縦七・六センチ、横十六センチ、高さ十センチからなる直方体。実際には和紙千枚の束だ。一千万円分の札束と同じ体積だが、内部が刳《く》り抜かれ箱状になっている。そこにおさめてあるのは黄いろい包装のC４爆薬。雷管を刺し、小型基板とバッテリーを収納、銅線で接続する。最後に一万円札数枚を上に載せ、銀行の帯を全体に巻くと、一千万円の札束の外観ができあがる。

宇宿が差しだした札束を塘爾は受けとった。驚きと喜びが同時にこみあげる。爆薬や機械を内蔵しているとは思えない。本物の札束そのものだ。振っても音はしないし、異物が入っている感触もない。わきに立つ庵崎に、塘爾は札束を手渡した。

庵崎も目を瞠《みは》った。「リアルっすね。重さもちょうど札束ぐれえだし」

「まあね」宇宿が満足げにうなずいた。「一千万の札束は一キログラムだ。これも同じ重量に調整してある」

テーブルの上には同じ大きさの紙束が、ほかに九個も用意されていた。どれも中身が刳り抜いてあり、C4がセット済みだった。最終的に一千万円の札束が十個、一億円ぶんの外観が揃うことになる。

塘爾は宇宿にきいた。「起爆は遠隔操作じゃないな?」

「ああ」宇宿は庵崎の手もとを指さした。「無線じゃ不具合を生じやすい。これは時限スイッチだ。オンにしてから十五分後に起爆する。ほかの九個はC4しか入ってないが、一緒にしてあれば同時に爆発する」

「威力は?」

宇宿がたずねかえした。「爆発するのは豪邸のなかだって?」

「そうだ。鉄筋コンクリートの三階建てで、かなりでかい」

「問題ないな。建物のすべてが跡形もなく吹っ飛ぶよ。周辺の地面も陥没して、かなり大きなクレーターができると思う。なんにせよ札束を拝んだ奴が生き延びれるわけがない」

「起爆する前に札束を調べられて、中身のC４がバレちまったらどうする？」

「そこも心配ない。スイッチをいれたあと、この札束を無理に開こうとすれば、残り時間に関係なく起爆する仕組みだ。つまり金をたしかめようとすれば、たちまち爆死の運命でね。ちなみにスイッチはいったんオンにしたら、けっして解除できない」

庵崎が笑った。「こりゃ面白《おもしれ》え。金を届けて先方が受けとった時点で、もう失敗はありえねえわけだ」

そのとおりだと塘爾は思った。受け子の小娘をEL累次体メンバーの邸宅に向かわせ、これらの札束を届けさせる。金はその場であらためるよう伝えさせる。小娘が屋敷からでてこないうちに吹き飛ぶ。相手が小娘を待たせたまま、ぐずぐずしていたとしても、いっこうにかまわない。十五分後にはやはり爆発する。

EL累次体は憤慨するだろう。こちらとしてはとぼけるだけだ。ああいう手合いは結局のところ、傘下の反社がいなくてはなにもできない。それ以上の干渉を控えるか、または新たなメンバーを送りこんでこようとするにちがいない。条件を有利に結ぶか、あるいは突っぱねて独立の道を歩むか、向こうの出方しだいできめてやる。いずれにせよ現状のまま、五十七パーセントもの歩合をむしりとられてたまるか。

庵崎が塘爾を見つめてきた。「受け子にはいつこれを届けさせますか」

「すぐにだ。ＥＬ累次体のあの旦那《だんな》、一億二億の上納金を数日おきに求めてきやがる」

「そのたび受け子を入れ替えて、こっちとしちゃいい迷惑っすね」

「だから終わらせてやる」塘爾はきっぱりといった。「新任の小娘にこいつを持たせろ。ただちにな」

24

薄曇りの正午過ぎ、伊桜里は住宅街の一角で自転車を停めた。この辺りには小ぶりな家屋が建ち並ぶ。武井戸建設と曳舟駅のほぼ中間にあたる、東向島八の十七の二。路地に面した長屋に、半沢荘の看板が掲げられていた。

ゆうべは武井戸建設で一夜を明かした。一階の三畳ほどの部屋をあたえられ、そこで寝るようにいわれた。マットレスと卓袱台《ちゃぶだい》、文具セットがあるだけの殺風景な空間だった。ドアの外の廊下には洗面台。伊桜里は歯を磨いたのち、室内に戻ると、着替えもせず横になった。あの鯉鮫という男が、いつドアを開け飛びこんでくるか、伊桜里は気が気でなかった。おかげで眠りが深まらないまま朝を迎えた。

けさは早くからあちこちの豪邸をまわらされた。近場は自転車で行くように指示された。町田《まちだ》や川崎《かわさき》など遠方は、萩維がクルマに乗せて行ってくれた。空っぽのリュックを背負い、富豪宅を突然訪ね、玄関ドアのなかに入る。靴脱ぎ場で立ち話をするが、内容はどうでもよかった。学校で社会勉強の課題がだされたので、近所を挨拶《あいさつ》してまわっている。あるいは廃品回収の呼び掛け、生徒会のアンケート調査。中三女子は警戒心をなくさせるのか、多くの住人が家のなかに迎えてくれた。一部の高齢者は部屋にあがるよう勧めてきた。伊桜里は丁重に断わり、数分後にはまた外にでた。

受け子として働くための攪乱《かくらん》行動にちがいない。無関係の富豪宅を複数訪ねておくことで、どこかで金を受けとる行為があっても、第三者に発覚しづらくする。結衣が説明したとおりだと伊桜里は思った。初日だからか現金の受けとりは命じられていない。出会った富豪はみな赤の他人にすぎず、詐欺の被害とは無縁だった。

押上《おしあげ》の豪邸を訪ねたのち、自転車での帰り道に、伊桜里は半沢荘へ立ち寄ることを思いついた。ノートを破った紙に知りえたことを綴《つづ》る。きのうきいた名を羅列した。トウジ社長、アンザキ、ハギイ、コイザメ、ドウモリ。それぞれの役割のほか、似顔絵も描き添えておいた。社内の間取りや部屋の特徴も詳細に記した。

半沢荘の前面道路沿いのブロック塀には、各部屋の郵便受けがまとめて並んでいる。

うちひとつ、6号室の郵便受けに、折り畳んだ紙を滑りこませた。完全に内部まで落としこむ。

これでよし。結衣がこの紙を見るのはいつになるだろう。大学へ行くついでに寄るには不自然な場所だった。外出時には公安に尾行される身だけに、昼間から軽率な行動はとれない。たぶん夜中にマンションを抜けだし、ここへ確認に来るにちがいない。

ふいにクルマのエンジン音が響き渡った。伊桜里がどきっとし振りかえると、見覚えのないセダンが滑りこんできた。車体は伊桜里の真横に停まった。きょう午前中から伊桜里をあちこち連れまわした、萩維の運転するクルマとはちがう。

サイドウィンドウが下りた。なんと運転席にいたのは萩維だった。クルマを乗り換えたらしい。サングラスをかけた萩維が声をかけてくる。「おい伊桜里。こんなところでなに油を売ってる」

にわかに心拍が速まった。ここにいることがなぜわかったのだろう。伊桜里が着ている服も持たされたリュックも、結衣のアドバイスに基づき、昨晩のうちにしっかり調べておいた。位置情報を発信する機器などは、いっさい縫いこまれていなかった。まさか気づかないうちに尾行されていたのだろうか。

萩維が苛立《いらだ》たしげな態度をしめした。「さっさと乗らねえか」

「あの」伊桜里は困惑とともに自分の乗り物を指さした。「自転車が……」

いいながら伊桜里ははっとした。そうだ、自転車だ。パーツのなかに発信器が組みこんであったのかもしれない。だとすると、たとえ事前に気づいたところで、伊桜里には分解して調べる腕などなかった。

「ほっとけ」萩維が顔をしかめた。「自転車は近くにいる仲間が回収する。それよりおめえには仕事がある。ぼやっとすんな」

「は……はい」伊桜里はクルマの助手席に急いだ。

近くにいる仲間。やはり尾《つ》けられていたとしか思えない。さっき手紙を郵便受けにいれたのも見られただろうか。だとしたらまずい。心配が募るものの、いま長屋を振りかえるのは好ましくない。うろたえたようすを見せてはならないと結衣にいわれている。

どうしよう。伊桜里は不安に駆られつつ助手席のドアを開けた。尾行には注意するよう、結衣は繰りかえし諭してきた。なのに、あろうことか肝心な情報伝達の拠点、半沢荘の前で萩維に捕まってしまった。

助手席におさまった伊桜里は、努めて冷静に振る舞おうとした。シートベルトを引っ張りだそうとしたが、ひっかかってうまく伸びない。手の震えがおさまらない。バックルに嵌《は》めるにもひどく難儀する。

萩維はかまうようすもなくクルマを発進させた。「いまから少しばかり遠くへ行くからな」

「遠く……ですか？」

「ああ」萩維が後部座席に顎《あご》をしゃくった。「そこに包みがあるだろ。リュックにいれとけ」

伊桜里はまたも不安にとらわれた。後ろを振りかえると、シート上には包装紙に覆われた直方体があった。なんとかリュックにおさまりきるぐらいの大きさだった。めまいが襲ってくるほど心が細りだす。伊桜里はきいた。「な、なんですか。これ」

「大金だ。だが心配するな。届け先の家の前まで行ってやる。おめえは家へ入っていって、住人に渡すだけでいい」

自然に呼吸が荒くなる。萩維が妙な顔で一瞥《いちべつ》してきた。伊桜里は動揺を隠そうと躍起になった。後部座席に手を伸ばす。荷物を引き寄せた。両手で持ちあげてみるとずっしり重かった。それをリュックのなかに収納する。包装紙の隙間から札束がのぞいていた。

これは上納金にちがいない。いまから向かう先がＥＬ累次体の一員の邸宅だろう。まさか初日から金を届けることになるとは思わなかった。まだいちども受け子としての仕事をしていない。だが無関係な豪邸を多くまわった以上、上納金の届け先を埋もれさせるには、もう充分との判断が下ったのか。

完全な不意打ちだった。結衣に伝達する手段がない。伊桜里の行方を結衣は追えるだろうか。どう考えても無理だ。もし結衣が武井戸建設のスマホかパソコンを奪い、伊桜里の位置情報を探ろうとしても、発信器は自転車のなかだ。萩維の乗るクルマについては、手紙に車両の特徴を書き添えておいたが、これは初めて見る車体だった。結衣には追跡のしようがない。

孤立状態でＥＬ累次体メンバーのもとへ向かわざるをえない。伊桜里は過呼吸に陥りそうだった。もう結衣を頼れない。

萩維が運転しながら不審げに問いかけてきた。「どうかしたのか」

「……いえ」伊桜里はかろうじて震える声を絞りだした。「なんでもありません」

目に映る車外の景色が、薄気味悪い悪夢に思えてくる。このままひとりきり、地獄への旅路を抜けだせないのか。ＥＬ累次体の一員に上納金を届けたのち、どれだけ生きていられるのだろう。

勇気を持つしかない、伊桜里はそう心に刻んだ。自分ひとりでなんとかする以外にない。

25

結衣は半沢荘の6号室、がらんとした粗末な室内で、畳の上に腰を下ろしていた。背中を壁にもたせかけ、ただ外の音に聞き耳を立てつづける。

あいにくこの部屋は奥まっている。郵便受けがある長屋の前面からは、いくらか距離があった。窓から顔をのぞかせても、路地のようすがわかる位置関係ではない。

それでも郵便受けになにかが投げこまれたのはわかった。6号室の郵便受けには、電池式の投函《とうかん》センサーがおさめてある。ホームセンターで二千円で買えるしろものだが、郵便受けの底に横たえておけば、物体が入ったのを感知しスマホに知らせてくれる。

ただしこの長屋は住宅街にあり、郵便受けが道路沿いのブロック塀に設置されているため、チラシの投げこみは頻繁にある。午前中だけでも三度も外へでて確認する羽目になった。ウェブカメラを仕掛けられれば、もう少し監視が楽になるが、うまく隠せる場所がなかった。郵便受けになにかが投げこまれたのち、すぐに外にでるのも好ましくない。それなりに時間をとってから、なにげなく郵便受けの中身をたしかめにでかける。面倒なやり方だがやむをえなかった。そもそも伊桜里にはひそかにメッセージを送れる技術がなく、これ以外に情報伝達の手段がない。

けさ結衣は大学に行くふりをして、途中で公安の尾行を撒《ま》き、この長屋に来た。郵便受けにさっそく伊桜里が手紙を投げこむかもしれないからだ。これから毎日つきあえるかどうかはわからないが、ひとまず初日はここで待機したかった。

クルマのエンジン音がきこえる。近くに停車したようだ。ドアの開閉音ののち、ふたたび走り去った。近所の住人か、あるいは配達業者か。前面道路の通行が途絶えるまでは、結衣も室内で待たねばならない。エンジン音がきこえなくなってから、ゆっくりと立ちあがり、結衣は戸口へと向かった。靴を履き、そっとドアを開け、通路に歩を進める。

きょうの結衣はストリート風のニットに、マキシ丈のマーメイドスカートを身につけていた。この辺りで老朽化した長屋に出入りするのに、女子大生っぽいモード系のスタイルだと違和感がありすぎる。だからといって地味にしすぎたのでは、大学へ行くべくマンションをでる時点で、なにかあると公安に目をつけられる。バランスが難しかった。

路上が静かなのをたしかめた。足音を立てないようにしながら、郵便受けのあるブロック塀の向こう側へと、そっと顔をのぞかせる。

とたんに息が詰まりそうになった。郵便受けの前で男が身をかがめ、なかから一枚の紙を引き抜いている。年齢は二十代に見えた。短髪のゴリラ顔で猪首《いくび》、屈強そうな身体を黒シャツと黒のスラックスに包む。足もとは軍用ブーツだった。

互いに目が合った。男の顔に驚愕《きょうがく》のいろが浮かぶ。結衣のなかにも緊張が走った。男が手にしているのはチラシではなく、ノートを破いた紙を折り畳んだしろものだった。しかも6号室の郵便受けから盗みだしている。

男は身を翻した。路地を一気に逃走していく。結衣は猛然と駆けだした。全力疾走で追跡する一方、長屋の前に乗り捨てられた自転車を視界の端にとらえた。男が乗ってきた物ではない。脚の長さが大きくちがう。伊桜里にはサイズがぴたり一致する。さっきのクルマは伊桜里を連れ去ったのか。

運の悪さと失態を呪わざるをえない。たぶん伊桜里は男の尾行に気づけなかった。

逃走する男がスマホを耳に当てた。走りながら男は怒鳴った。「社長に伝えろ、優莉結衣だ！　半沢荘って長屋の6号室に潜んでやがった。伊桜里が結衣に手紙をだした。情報を伝えようとしたんだ。あの小娘を逃がすな。確実に吹っ飛ばせ！」

緊急連絡を優先したからだろう、男は全速力で走れず、速度がわずかに緩んだ。それだけの隙があれば充分だった。結衣は路地わきのブロック塀に跳躍し、斜め後方に蹴《け》ることで、全身を行く手に飛びださせた。顔に風圧を感じる。距離が一気に詰まった。結衣は空中で男に手刀を浴びせつつ、身体ごとぶつかっていった。激しい衝突の直後、ふたりは路上に転がった。

先に起きあがったのは男のほうだった。大声でわめきながらナイフを抜き、結衣めがけ突進してくる。いまのうちなら文字どおりマウントがとれると判断したにちがいない。結衣はたしかにまだ仰向《あおむ》けの状態だった。だがそれは動作が緩慢だからではない。

裾《すそ》の長いマーメイドスカートは脚の動きを覆い隠す。結衣がひそかに片膝《かたひざ》を曲げ、踵《かかと》を尻《しり》に寄せていることに、男が気づいたようすはなかった。コンバットナイフが振り下ろされんとしたとき、結衣はほぼ真上に渾身《こんしん》の蹴りを繰りだした。風を切る片脚キックが男の顔面に命中し、筋肉質の身体を宙に浮かせた。すかさず結衣は海老反《えびぞ》りになり、ほぼ背筋の力だけで跳ね起きた。男がもんどりうち、路面に叩《たた》きつけられたところへ、すかさず駆け寄る。

上半身を起きあがらせた男が、鼻血を噴きながらもナイフを水平に振った。結衣を間合いに踏みこませまいとする防御策としては正しい。だが結衣はその行動を読んでいた。ナイフを振り切った男の脇の下ががら空きになる、その一瞬を狙い、人差し指と中指を刃のごとく突き刺した。

伊桜里に教えたのは神経を強打し麻痺《まひ》させる方法だが、いま結衣は徹底的に鍛えた指先で、男の筋肉を容赦なく抉《えぐ》った。男が激痛に天を仰ぎ絶叫しかける。結衣は男の背後にまわるや、右手で口を塞《ふさ》ぎ、左手はナイフを奪いとった。逆手に握ったナイフで横一文字に男の喉《のど》もとを切り裂いた。

おびただしい量の鮮血が路上に噴射される。だが後ろに位置する結衣が血を浴びることはなかった。男の背を突き飛ばし、路面に突っ伏させる。スマホとともに、折り畳まれた紙が路上に投げだされた。

結衣は片膝をつき、紙を拾いあげつつ、周囲に警戒の目を向けた。視界にはひとけがない。同時に聴覚を研ぎ澄ます。原付の走る音、子供がはしゃぎまわる声。どちらも五十メートルは離れている。街頭防犯カメラがないのは当然だった。伊桜里に手紙を投げこませるにあたり、そういう前提の場所を選んだ。

立ちあがった結衣は、血まみれの男の身体を蹴って転がし、路肩に寄せた。近くの家の立水栓に目をとめたからだ。蛇口を横方向に傾け開栓した。俯《うつぶ》せに倒れた死体に水道水を浴びせる。ほどなく全身がずぶ濡《ぬ》れになるだろう。結衣の汗や指紋も洗い流される。死体の周りにひろがる水たまりは血に濁っていた。そのなかにナイフも投げこんでおく。手ですくった水を、蛇口の把《と》っ手に浴びせておくのも忘れない。

水流の音を耳にした近隣住民が、そのうち姿を現わすかもしれない。それより男から電話を受けた武井戸建設の奴らが、間もなくここへ駆けつけるだろう。自転車はどうせ位置情報の発信器を内蔵している。

結衣は足ばやに死体から遠ざかった。いくつかの角を折れる。電柱の陰で立ちどまり、折り畳まれた紙を開いた。

最上段に〝結衣お姉ちゃんへ〟と書かれている。思わずため息が漏れた。危険きわまりない見出しだ。

兄弟姉妹のなかで年長組は、五十音を別の記号に置き換えた、簡易な暗号が読み書きできる教育を受けていた。凜香は習いかけだったようだし、その下の伊桜里が教わったはずはない。フリクションペンで書き、ヘアドライヤーで見えなくする方法なら、伊桜里にも伝授してある。しかしフリクションペンが入手できなかったのかもしれない。消えたインクを復活させるには冷凍庫にいれる必要がある。いまこの場ですぐに手紙が読めるのは、かえって幸いだった。

結衣お姉ちゃんへ　　　伊桜里より

最初の晩は結衣お姉ちゃんのいったとおりテストだったよ。無事合格して、きょうは朝からお金持ちの家をまわってる。いまのところ受け子としては一回も働いてない。現金をどこかへ持って行くように指示されたら、また手紙を書くね。武井戸建設の人たちを紹介されたし、社内も案内してくれた。トウジ社長以下、わかってる社員について書いておくね。それから間取りとかクルマについても……

似顔絵つきでアンザキ、ハギイ、コイザメ、ドウモリといった男たちの情報が並ぶ。漢字がわからないのは口頭で紹介を受けたからだろう。

胸騒ぎがしてくる。受け子に社員を紹介するのは変だ。伊桜里の警戒心を解くためだろうが、秘密が外に漏れる危険がともなう。

ふとひとつの可能性が頭をもたげてきた。伊桜里の命はもう長くない。だから社員らは素性を明かし、伊桜里の信頼を得ることのみを優先した。さっきのクルマでEL累次体メンバーの邸宅に向かったのか。

伊桜里が上納金を届けたのち、ただちに殺害されるとは考えにくい。わざわざ受け子に金を届けさせるからには、帰り道で早々に殺害を図るようなリスクは冒さない。万が一にも所轄が受け子の足跡をたどった場合、ＥＬ累次体メンバー宅が浮き彫りになりかねないからだ。常識で考えれば、伊桜里は午後も無関係の富豪宅をあちこちまわらされる。殺害されるのは夜になってから、あるいは翌日以降になる。

　だがさっき死んだ男がスマホに怒鳴った。あの小娘を逃がすな。確実に吹っ飛ばせ、と。

　考えられる可能性はただひとつ。伊桜里が持たされたブツは上納金でなく爆弾だ。武井戸建設はあろうことかＥＬ累次体メンバーの抹殺を企てている。理由は金銭面以外にありえない。奥多摩での〝異次元の少子化対策〟失敗を考慮すれば、ＥＬ累次体は上納金を大幅に増額したと推察できる。

　サイレンがきこえた。武井戸建設の人間が駆けつけるより早く、近隣住民か通行人が死体に気づき通報したようだ。結衣は歩きだした。不自然に思われないよう曳舟駅へ足を向かわせる。

　にわかに心臓の高鳴りをおぼえる。これほど焦燥に駆られるのはホンジュラス以来かもしれない。控えめに見ても最悪の状況だった。結衣の存在が敵側にバレた。意図的に伊桜里を送りこんだこともすでに見抜かれただろう。いま伊桜里の居場所を突き止めるすべはまったくない。どこへ向かっているかさだかではない。このままでは伊桜里は、EL累次体メンバー宅を訪ね、その場で爆死させられてしまう。

「やばい」結衣は歩を速めながらつぶやいた。「これは本格的に……」

窮地以外のなにものでもない。いま結衣になにができるだろう。武井戸建設に殴りこみをかけるか。しかしそんなことをすれば、伊桜里の乗ったクルマのドライバー、おそらくこの手紙にあるハギイなる男に連絡が行く。結衣が伊桜里の背後にいたこと自体、もうハギイに伝えられたかもしれない。伊桜里の身が危険だ。

トウジなる社長に、EL累次体メンバーの素性を吐かせるか。だがどんなに手荒い方法にうったえようとも、口を割らせるにはかなりの時間を要する。それ以前に武井戸建設を制圧せねばならない。どのように攻めこもうとも、騒ぎを起こした初期段階で、伊桜里が殺されてしまう。

反社の仲間を装い連絡するのはどうだろう。けれどもそれは脅し以上の悪手としか思えない。たとえ同胞が相手だとしても、奴らがEL累次体メンバーの正体をうっかり口にするはずがない。むしろ仲間内だからこそ、変にききだそうとする気配には敏感になる。結局は敵視されて終わりだ。

本当に打つ手がない。これほど八方塞がりなのは初めてだ。結衣の胸は張り裂けそうになった。伊桜里……。

ふと足がとまった。突拍子もない考えが脳裏をよぎる。だがおそらくそれしかない。結衣はふたたび駆けだした。走りながらスマホを操作する。事態は一刻を争う。妹を失いたくない。健斗と同じ運命にさせてはならない。伊桜里はどうあっても救いださねば。

26

閑静な新興住宅地のようだが、辺りは自然が豊かだった。近くに低い山も連なっている。付近に人の往来は見かけない。豪邸はどれも築二、三年以内に思える。広々とした芝生の庭は開放的で、都内よりずっと住みごこちがよさそうだ。

伊桜里は路地に停車したクルマの助手席から、ひときわ立派な屋敷を眺めていた。カーキいろのタイルに覆われた、体育館のように大きな鉄筋コンクリートの三階建て。まるで高級宿泊施設のようでもある。ガレージにも高そうな外車がずらりと並ぶ。

ここまで一時間を超えるドライブだった。中三女子の伊桜里には、途中で高速道路に乗ってから、延々と走ったとしかわからない。埼玉県や入間市と記された看板は記憶している。

　きょうは午前中にもクルマで郊外へ連れて行かれた。ふいに訪問した豪邸の数々と、さしてちがいは感じられない。

　運転席のリーゼント頭、萩維のサングラスが一瞥《いちべつ》した。「ちょっとそれを貸せ」

　リュックを受けとった萩維が、なぜかなかに手をいれた。かちりと音がする。なにをしたのかはわからない。中身の現金を手触りで確かめたのだろうか。

　萩維がリュックをかえした。「行け。リュックの中身は、家主に会うまでだすな。直接渡せよ」

「わかりました」伊桜里は戸惑いぎみに応じた。「渡したら戻ってくればいいんですね？」

「そうだ。急げ」

　伊桜里は助手席のドアを開けた。車外に降り立ちリュックを背負った。空気が綺麗《きれい》だった。物音もほとんどきこえない。キジバトの声だけがリズミカルにこだまする。

　クルマが停まった場所から、屋敷のエントランスまで、あるていど距離があった。伊桜里は小走りに門へと近づいた。門柱の表札には志鎌《しかま》とあった。

志鎌。これがＥＬ累次体の一員の名なのか。

緊張とともにインターホンのボタンを押す。高齢とおぼしき男性の声が応じた。

「はい」

「あの」伊桜里はいった。「お届け物です」

「なかにどうぞ。玄関のドアを開けて、あがってきてくれないか」

返事をまたず、さっさとインターホンの切れる音がした。リュックを背負った伊桜里は、門の向こうへと足を踏みいれた。

芝生にレンガタイル張りの小径《こみち》ができている。その上を歩いていった。公園のような庭だと伊桜里は思った。木々の枝葉は美しく整えられている。花壇ばかりか噴水付きの池まである。水面には蓮《はす》の花が浮いていた。

玄関のドアに着いた。ここにはチャイムもインターホンもない。分厚く頑丈なドアだけに、伊桜里がノックしたところで、音は内部まで響かないかもしれない。

伊桜里は把《と》っ手をつかんだ。ドアをゆっくりと引く。鍵《かぎ》はかかっていなかった。恐縮しながらなかに歩を進めた。「お邪魔します……」

靴脱ぎ場もやはり旅館のように広かった。板張りの廊下が奥へつづく。天窓から陽の光が等間隔に落ちていた。伊桜里は靴を脱いだ。光沢のあるフローリングには塵《ちり》ひとつ見あたらない。傍らにスリッパが置いてある。履いたほうがよさそうだ。

邸内は和洋折衷の趣だった。金箔《きんぱく》が彩る壁や、高価にちがいない調度品を眺めるうち、リュックを背負った中三の自分が、ひどく場ちがいに思えてくる。

廊下をしばらく進むと、奥から高齢男性の声がきこえてきた。「こっちだよ」

伊桜里はそちらへ急いだ。戸のひとつが開放されている。その向こうは天井の高いリビングルームだった。部屋全体が黄金いろの輝きを放っている。ソファに座る人物が立ちあがった。

年齢は七十過ぎと思われるが、じつに矍鑠《かくしゃく》としていた。白髪頭を七三に分け、老紳士と形容するにふさわしい高貴な面持ちが、澄ました態度でこちらを眺める。痩身《そうしん》にシニアカジュアル風のスーツを纏《まと》う。この男性の普段着かもしれなかった。ペイズリーのアスコットタイを身につけている。

思わず膝《ひざ》が震えた。この人物が志鎌。ＥＬ累次体の一員なのか。

27

塘爾は武井戸建設の社長室でデスクにおさまっていた。卓上電話はさっき飛びだしていった堂森のスマホとつながっている。受話器は置いたまま、スピーカーとマイクがオンになっていた。

電話の向こうの堂森が、声をひそめ告げてきた。「所轄警察どもは路地に規制線を張ってます。パトカーもたくさん停まってやがる。野次馬で黒山の人だかりで」

壁掛けテレビを塘爾は一瞥した。ワイドショー番組が現場からの中継を伝えている。堂森の説明どおりの光景があった。塘爾は鼻を鳴らした。「ああ。どの局も報道で伝えてる。血まみれの死体が道端に倒れてたとか」

「勘座《かんざ》っていう名の、俺の下にいた奴です。受け子を尾行してました」

「死ぬ直前に電話がかかってきたと？　伊桜里が優莉結衣に手紙をだしやがったとか」

「そうです。ただ郵便受けの前には警官がいて近づけません。でもさっきうちのモンが長屋の通路まで入りこんで、6号室に聞き耳を立ててます。優莉結衣はなかに潜んでます」

「たしかか」

「ええ。むかしニュースで流れた優莉結衣の声とまったく同じだったそうです。警視庁捜査一課の坂東って奴に電話してて、伊桜里を受け子として武井戸建設に入りこませたけれども、内偵は危険だからもう辞めたいと抗議してたとか」

社長室には庵崎と会計士の廣末が立っていた。庵崎はデスクに両手をついた。「社長。勘座を殺《や》ったのは優莉結衣っすか?」

塘爾は首を横に振った。「優莉結衣が凶悪犯ってのはあくまで噂で、過去の殺人はぜんぶ双子の姉、智沙子のしわざだ。そう報じられてただろ」

「でもEL累次体の御仁はちがう見解を述べてたんスよね? 危険人物は優莉結衣だとEL累次体は認識してるとか」

「俺たち下請け反社にまでは情報が下りてこねえ。シビックの架禱斗を殺したのが結衣だというが、そっくりの智沙子でなかったともかぎらん」

「智沙子はヘリから転落死したでしょう」

「それより前に架禱斗を始末したのかもしれん。なんにせよ優莉匡太のガキどものきょうだい喧嘩《げんか》が、国家を巻きこんでえらい騒ぎになったってのが、例のシビック政変らしくてな。俺としちゃ架禱斗を殺したのが智沙子だろうが結衣だろうがどっちでもいい。だがなぜうちに関わってくる?」

電話越しに堂森の声がいった。「捜査一課のイヌになってるのかも。いろいろ罪を見逃される代わりに」

なるほど。ありうると塘爾は思った。ＥＬ累次体はまだ警視庁捜査一課を取りこめていないときく。捜査一課はいわば敵対勢力だ。武井戸建設がＥＬ累次体の一員とつながっているとみたが、探りをいれるにあたり刑事ではなく、臑《すね》に疵《きず》を持つ者を選んだ。受け子の募集は未成年が対象のため、優莉結衣とその妹をけしかけた。

庵崎が納得顔でうなずいた。「たぶんそうっすよ。結衣は勘座を殺しちまったんで、捜査一課の坂東だかに、辞めたいと泣きついてやがるんです」

坂東は捜査一課長だ。優莉結衣の過去の罪を見逃す代わりに、いうことをきかせていた可能性もおおいにある。

いま所轄警察は、半沢荘の６号室の住人が、殺人に関与しているとは気づいていない。だから結衣は部屋に閉じこもっていられる。６号室用の郵便受けも手つかずだろう。手紙はまだ郵便受けのなかに眠っているのか。それとも勘座がとりだしポケットのなかか。

「社長」庵崎がたずねてきた。「萩維のスマホに連絡して、伊桜里を始末させましょうか？」

「……いや」塘爾は椅子に深々と身を沈めた。「伊桜里が行き先を結衣に伝えられたはずがない。このままＥＬ累次体の旦那《だんな》ん家《ち》に、札束爆弾を運びいれさせ、ドカンとやればすべて丸くおさまる」

「ああ、そうっすね。伊桜里が情報をつかむために動いてるとしても、金を運んだ先はあとで結衣に知らせりゃいいと思ってるでしょう。予定どおりEL累次体の御仁もろとも吹っ飛ばしちまえばいい」

「そのとおりだ。捜査一課のイヌだった小娘もぶっ殺せて一挙両得だ」

「伊桜里が結衣に宛てた手紙ってのが気になりますが」

塘爾は卓上電話のマイクに呼びかけた。「堂森。結衣から坂東への電話で、俺たちの名は挙がってたか？」

「いいえ。詳しいことはなにもわかってないみたいです。所轄警察もそれらしき物を見つけていません」

会計士の廣末が真顔で提言してきた。「EL累次体に頼めば、トップダウンで捜査を制止できるでしょう」

いらっとした気分がこみあげる。塘爾は廣末を睨《にら》みつけた。「EL累次体の旦那を殺すなってのか」

「一時的に延期するだけです。爆殺する前にその連絡だけはさせるとか」

塘爾は爪を噛《か》んだ。伊桜里がどれだけの情報を手紙に書いたか知らないが、受け子業務をバラされるだけでも厄介だ。ただし所轄警察が本気で捜査に乗りだしても、なんら証拠がないうえ、そもそも伊桜里は凶悪犯罪についてはなにも知らないはずだ。手紙に書いたのも、せいぜい武井戸建設の顔ぶれや社内の間取りぐらいだろう。とはいえこちらとしては、弁護士を使ってのらりくらりと捜査の手を躱《かわ》すのに、かなりの労力を割かれる。EL累次体とつながっていれば、こういうときに重宝するのだが、袂《たもと》を分かつ決心をした以上は頼れない。だが廣末がいったとおり、いまだけはすがってみるか、EL累次体メンバーへの最後の依頼として。

迷いが塘爾のなかに生じてきた。そもそもEL累次体メンバーを始末するのは適切なのだろうか。上納金の大幅値上げのせいでついカッとなったが、冷静に考えてみるとデメリットも多くないか。EL累次体と抗争になるのも気が引ける。

いや。いまさら譲歩して舐《な》められるなど冗談ではない。抗争上等だ。うちにはもう豊富な資金力もある。EL累次体のあいつは、このまま伊桜里と一緒に爆殺する。

卓上電話の内線ランプが点滅しているのに気づいた。緊急事態のみに使われる連絡網だ。塘爾はボタンを押し、通話を内線に切り替えた。「なんだ?」

うわずった男の声が叫んだ。「ゆ、優莉結衣が来ました!」

「な」塘爾は耳を疑った。「なんだと!?」

廊下にあわただしい音が響き渡る。男の怒鳴り声もこだました。だが次の瞬間、ドアが弾《はじ》けるように開いた。警備の精鋭ふたりが揃って室内に倒れこんできた。鼻血まみれの黒シャツが二体、無様に床に転がる。ひとりの女がゆっくりと立ちいってきた。鳥肌が立った。塘爾は愕然《がくぜん》としつつその女を眺めた。瘦身《そうしん》をニットとマーメイドスカートに包んでいる。小顔に冷やかなまなざし。まちがいなく報道で目にした優莉結衣だった。

「ま、まて」塘爾は卓上電話に身を乗りだした。あわててボタンを押し外線に切り替える。「堂森！　ちゃんと見張っていなかったのか」

「……なんのことです？」堂森の声がたずねかえした。

「優莉結衣だ。ここにいるぞ」

「まさか」堂森がしばし沈黙したのち報告してきた。「三人が長屋の通路と窓辺付近に潜んでます。いまさっきメッセージで確認しました。結衣はまだ室内で坂東に電話中です」

「たしかなのか」

「ええ。ひとりはカーテンの隙間から姿をとらえてます。あとのふたりはしっかり声をきいてるんです。まちがいありません」

「……わかった。そのまま待機しろ」塘爾は茫然《ぼうぜん》と女を見つめた。ならこいつは誰だ。

俺崎と廣末も固唾《かたず》を呑《の》み女を凝視している。緊張の面持ちで俺崎が女に歩み寄った。

「優莉結衣か？」

ところが結衣とおぼしき女は、無言で首を横に振った。

「ちがう？」俺崎が眉《まゆ》をひそめた。「だがおめえは……」

廣末が片手をあげ俺崎を制した。「おまちを。優莉結衣そっくりといえば……」

そんな馬鹿な。塘爾は思わず甲高い声をあげた。「智沙子!?」

俺崎が泡を食ったようすで詰め寄った。「ありえねえ！　死んだはずだろ」

ところが女は接近した俺崎に対し、視線を投げかけもせず、瞬時に攻撃を食らわせた。閃光《せんこう》のような腕の動きが俺崎の顎《あご》を突きあげる。俺崎は天井に頭を打ちつけたのち、床に叩《たた》き伏せられた。女は平然とたたずんでいる。

智沙子とみられる女が、ささやくような声でいった。「愚問はよせ」

塘爾の背を冷たいものが駆け抜けた。幽霊をまのあたりにしたかのようだ。智沙子といえば警官隊から男女中学生まで、容赦なく皆殺しにする狂気の権化だった。優莉匡太の長女がいま目の前にいる。激しい動揺とともに塘爾はきいた。「あ、あんた喋《しゃべ》れたのか？　いったい俺たちになんの用で……」

「武井戸建設」智沙子は淡々と告げてきた。「貢献を認める。だから便宜を図ろうと思う」

「便宜……？」

「わたしたちへの寄付は据え置きでいい。組織内での地位向上も取り計らってやる」

「……なんのことだ？」

「一介の下請けに甘んじるには惜しい。正式にEL累次体の一翼を担ってもらう」

人生で経験したことがないほどの衝撃が襲った。塘爾は声を震わせた。「な、ならあんたが……。EL累次体のトップ？」

廣末がうろたえながら声を張った。「あ……ありえますよ！　架禱斗を殺してシビック政権を倒し、EL累次体を創立したのだとすれば……」

シビックのトップが架禱斗、EL累次体は智沙子。なんらふしぎはない。優莉匡太の長男が海外の武装勢力を引き連れ、国家転覆を謀った。長女は長男を殺害したのち、逆に国内勢力を束ねたというのか。意外な事実だがうなずける。

智沙子が塘爾を見つめてきた。「重要なことだから、わたしが自分で褒めに来てやった。だけどネズミが入りこんでるとか」

「ゆ、結衣と伊桜里のことか……？」

「さっさと始末をつけてもらいたい」

「もちろんだ！　すぐにやる。特に結衣なんか輪姦《りんかん》したうえで八つ裂きにしてやる。いますぐ部下に連絡を……」

塘爾は絶句した。倒された庵崎が四つん這《ば》いにのろのろと、部屋の隅へ向かいつつある。鼻血を滴らせながらキャビネットの最下段に手を伸ばす。拳銃《けんじゅう》を取りだそうとしていた。まずい。塘爾は肝を冷やした。庵崎はいまの話をきいていなかったのか。

庵崎が拳銃を片手に、尻餅《しりもち》をついたまま智沙子に向き直った。銃口で智沙子を狙い澄ます。だが智沙子は振り向きもせず、片足を後方に強く振った。脱げた靴が弾丸のように飛び、庵崎の顔面に命中した。

絶叫とともに庵崎が拳銃を投げだした。「ち、畜生！　鼻を……」

智沙子は眉ひとつ動かさず、黙って塘爾に背を向けた。脱げた靴を履き、ドアへと立ち去っていく。廊下へでるや後ろ手にドアを叩きつけた。

塘爾はあわてて立ちあがり、デスクを迂回《うかい》するとドアに駆けつけた。大急ぎでドアを開け放つ。

ところが廊下にはもう智沙子の姿はなかった。ここでも黒ずくめの警備ら数人が、呻《うめ》きながら横たわるのみだ。智沙子はすばやく階段を駆け下りたのだろうか。ありえない。光のような速度ではないか。階下はしんと静まりかえっている。靴音ひとつきこえない。

信じられない気分で塘爾は社長室に戻った。会計士の廣末も唖然《あぜん》とした表情で見かえす。塘爾は床を見下ろした。庵崎がへたりこんだまま、血だらけの鼻っ柱を両手で押さえている。

塘爾は庵崎を怒鳴りつけた。「馬鹿野郎！　EL累次体に弓を引くような真似をしやがって！」

庵崎はさも痛そうな顔で抗議した。「EL累次体とは縁を切るんじゃなかったんスか？　ってか死んだ智沙子がでてくるなんておかしいでしょ。しかもEL累次体の頭だなんて。十八の小娘っすよ」

これだから下っ端の若造は困りものだ。塘爾は憤りをぶつけた。「黙れ！　智沙子は寄付金のことまで知ってた。EL累次体じゃなきゃ知りえねえ話だ。しかも金額は据え置きで、俺たちを組織に登用してくれるってんだぞ」

廣末が真剣な顔で助言してきた。「社長。伊桜里に爆弾を持たせたことや、EL累次体メンバー宅へ向かっている現状など、智沙子はまだ知らないでしょう」

むろんそうにちがいない。塘爾は血の気の引く思いだった。「すぐ萩維を止めないと」

デスクに駆け戻った。卓上電話の短縮ダイヤルで、萩維のスマホにかける。呼び出し音は数回、萩維の声が応じた。「なんですか」

「もう目的地に向かわなくていい。伊桜里を乗せたままいったん引きかえせ」

「……社長。どういうことか知りませんが、もう伊桜里は屋敷のなかへ入っていきましたよ」

「なんだと！　いますぐ連れ戻せ」

「そういわれても……。小娘がこの時間に金を届けるとだけ、先方に連絡してあるんです。ほかの者が訪ねれば問答無用で殺されます。俺じゃインターホンも鳴らせねえんですよ。ご存じでしょう？」

塘爾の頭のなかは真っ白になった。そのとおりだと塘爾は思った。万事休すだ。EL累次体メンバーが金をたしかめようとすれば起爆してしまう。たとえ札束に触れずとも、十五分後には確実に爆発する。もう止められない。

28

結衣は屋根裏の暗がりに這っていた。廊下の天井にある点検口の位置は、伊桜里による間取り図に記してあった。社長室をでた直後、結衣は壁に片足をかけつつ跳躍し、点検口の蓋《ふた》を押し開け飛びこんだ。三階の天井と屋上のあいだ、鉄骨が縦横に組まれていても、配管や電線のメンテ用に、高さ五十センチほどの空間がある。

半沢荘にいるのはむろんミン・フォンだ。一時間ほど前、ナムに電話したところ、フォンの到着はぎりぎり間に合った。結衣はフォンに、屋根裏から6号室への侵入経路を伝えた。すでに規制線が張られ、武井戸建設の奴らが見張るなかでも、フォンはみごと侵入を果たした。結衣が智沙子を装うにはこれしかなかった。智沙子がEL累次体のトップという真相に、反社どもが一時的にでも混乱に陥ればいい、それが結衣の考えだった。

塘爾社長の声は天井裏まで響いてきた。「もう爆弾を止められん！　廣末、どうすればいい？」

廣末とは武井戸建設の取締役で会計士だった。結衣が検索した企業情報データベースに載っていた。廣末と呼ばれた男の声が応じた。「どうか落ち着いてください。社長から先方への電話であれば受けてくれるでしょう」

「だがどう話せば……。札束に爆弾が仕込んであるんだぞ」

「優莉結衣のせいにすればいいんです！　妹の伊桜里を送りこんできて、EL累次体メンバーの爆殺を謀ろうとしていると伝えれば……」

「それはいい！」塒爾の声が卓上電話に呼びかけた。「萩維、きいてるな。爆発まであと何分だ？」

「十三分です」

「そこから十分で行ける範囲内で、爆発が起きたとしてもEL累次体にいっさい迷惑がかからず、地元警察にも尻尾《しっぽ》をつかまれない場所は？」

「さあ……。民家や企業があれば、EL累次体の誰かとつながってる可能性も否定できねえし……」

「なんでもいい。だいじょうぶな場所を見つけろ」

塒爾は責任を押しつける態度をしめした。だが結衣の予想どおり萩維の反発を買った。萩維の声が不機嫌そうに提案した。「桜山《さくらやま》展望台と八高《はちこう》線のあいだぐれえなら、なんとか行けそうですがね。山しかねえし」

結衣は微量の電流に似た痺《しび》れを感じた。仕掛けた罠《わな》のうち三番目か四番目ぐらいに敵がかかった。

伊桜里がＥＬ累次体メンバー宅に入るのを、塘爾に止めさせるのには失敗したが、ほかにも希望はあった。爆弾の時限スイッチがオンになった以上、もう解除はできないと予想がついた。メンバー爆殺を中止するなら、爆弾を別の場所に移動させねばならない。場所の選定について、電話なら口頭での相談が不可欠になる。桜山展望台と八高線のあいだか。埼玉県入間市の西端、東京都青梅《おうめ》市寄りの一帯だ。

不名誉な設定を智沙子に申しわけなく思う。結衣は心のなかでささやいた。それでも智沙子姉のおかげで助かった。

塘爾が卓上電話を操作する音がした。ＥＬ累次体メンバーにかけたにちがいない。呼びだし音ののち、高齢男性の声が応答した。「はい」

「武井戸建設の塘爾です」

「ああ、きみか。いまお嬢ちゃんが寄付金を届けにきてる」

「黙ってきいてください。そいつは伊桜里といって、優莉匡太の娘のひとりです。姉の結衣がうちに潜りこませたんですよ。金は爆弾だと発覚しました。あなたの命を狙おうとしてます。そのまま受けとらず、伊桜里を追いだしてください」

しばし沈黙があったものの、ＥＬ累次体の一員だけに、泰然自若とした態度を維持していた。落ち着き払った声が答えた。「わかった」

「また連絡します」塘爾は電話を切った。萩維にかけ直したらしく、塘爾の声は高圧的な響きを帯びた。「俺だ。いま伊桜里が外にでてくる。クルマで拾って、爆弾を処理できる場所へ行け。伊桜里も一緒に吹っ飛ばせ」

「その前に伊桜里を眠らせちまってもいいっすか。爆弾背負わせて放りだしたほうが簡単ですけど」

「まかせる。だがそこを充分に離れてからにしろ。ＥＬ累次体の旦那《だんな》宅からでてきた小娘が、近場で死んだと発覚したら、俺が責めを負っちまう」

やれやれといいたげなため息がきこえた。萩維の声が半ば投げやりに返事した。「了解。しばらく走ってから始末します」

この期に及んでもなお、ＥＬ累次体メンバーの名をけっして口にしようとしない。たぶん名を呼ぶこと自体、固く禁止されているのだろう。電話の声に結衣はききおぼえがなかった。面識のない人物だ。いまのところ桜山展望台と八高線のあいだまで、クルマで十分の場所に住んでいるとしかわからない。

だが伊桜里はＥＬ累次体メンバー宅を訪ねた。伊桜里を救いだせばメンバーの正体が割れる。ここからクルマで一時間以上。もはや絶望的に思えるが、けっしてあきらめたりはしない。

鼻づまりのような庵崎の声がうったえた。「社長！　やべえよ。いきなり智沙子が現れて、ＥＬ累次体の頭だなんて、んなことあるわけねえ」

「おめえは黙ってろ」塘爾の声が怒鳴った。「廣末、使える兵隊を集めろ。半沢荘って長屋を遠巻きに包囲する。警察が引き揚げしだい、結衣を攫《さら》って好き放題してやる」

塘爾らが廊下にでてくる気配がある。そこに廊下を駆けてきた靴音が合流した。新たな声がはしゃぎぎみにきいた。「女を好き放題にするんですかい？　女子中学生？」

「女子大生だ」塘爾の声は苛立《いらだ》たしげだった。「鯉鮫。結衣は急襲部隊に殺《や》らせる。おめえの出番はねえ」

「そんなぁ。お裾《すそ》分《わ》けをくださいよ。結衣ってあの有名な、いけ好かない女子高生っスよね？　もう大学行ってんスか」

この声の主が鯉鮫か。伊桜里の裸をのぞきに来て、手をだそうとした変態だ。手紙にも下品そうな似顔絵が描いてあった。

るかよ」

庵崎の声がうんざりしたようにいった。「おめえごときが優莉結衣をどうにかでき

「俺の指の抜き差しだけでヒイヒイいわせてやるぜ。なんたって俺ぁレイプ百人斬りの鯉鮫様だからよ。優莉の生意気な糞《くそ》娘なんざ素っ裸でまんぐりがえしに……」

頭に血が上るのはひさしぶりだった。結衣は一階で手にいれたカッターナイフで、手近な配線を切断するや、踵《かかと》で天井の脆《もろ》い化粧板を蹴破《けやぶ》った。開いた大穴からひらりと飛び下り、ベニヤ板の破片が降り注ぐなか、結衣はいきなり三階廊下に立った。

停電し薄暗くなった廊下で、塘爾と顔じゅう鼻血まみれの庵崎が、びくっと立ちすくんだ。さっきも思ったことだが、ふたりは似顔絵そっくりだった。一緒におろおろしているのは廣末だ。全員が揃って目を瞠《みは》っていた。結衣が着地した場所のすぐわきにもうひとり、やはり似顔絵どおりの低能そうな男、鯉鮫がいた。

啞然《あぜん》と見つめる鯉鮫の間抜け面に対し、結衣は右手で胸倉をつかんで引き寄せると、左手で正拳《せいけん》を叩《たた》きこんだ。満身の力をこめた一撃により、すでに鯉鮫の顔の骨は変形し、両目両耳と口が真んなかに寄った。なおも結衣は鯉鮫の後頭部の髪をわしづかみにし、下を向かせると、片膝《かたひざ》を連続し蹴りあげた。サッカーボールを膝でリフティングする、何十倍もの威力で顔面を粉砕していく。鯉鮫が両手両足をばたつかせるのは、

まだ意識があり激痛を感じているからだ。頭骨もまだ硬い。ばらばらになれば水袋のような感触に変わる。

結衣は鯉鮫の顎《あご》をつかみ、梃子《てこ》の力を利用しながら強く捻《ひね》った。すでに弱っていた第一頸椎《けいつい》が簡単に折れ、鯉鮫の顔は背中のほうへ百八十度振り向いた。関節が壊れた人形のように、鯉鮫はありえない体勢で崩れ落ちた。

残る三人は恐怖の叫びを発していた。とりわけ社長の塘爾は目を剝《む》き、大きく口を開けた状態で、蠟《ろう》人形のように固まっている。

庵崎は鼻を両手で押さえつつ、必死の形相で塘爾に抗議した。「ほらみろ！　こいつは智沙子なんかじゃねえ、結衣だ！　伊桜里の居場所をきかれちまったじゃねえか！」

廣末が慌てふためきスマホをいじっている。だが通話は不可能、ネットにもつながらない。結衣は片腕の袖《そで》をまくってみせた。一階の備品室にあった電池式ジャマー付リストバンド。どうせあちこちの押し込み強盗殺人で、襲撃グループが身につけていた物にちがいない。いまはすべてスイッチをオンにし、建物じゅうにばら撒《ま》いておいた。社長室の卓上電話も電源が必要な機種ゆえ、停電になったいまは使えない。

「ち」塘爾がむきになりわめいた。「畜生！　てめえはやっぱり結衣か。ペテンにかけやがったな!」

結衣は静かな声で問いかけた。「どれだけ大勢の家族を惨殺した? 助けを乞《こ》う高齢者の声や、小さな子たちの断末魔の悲鳴が、いちどでも頭をよぎったことがあるかよ」

廣末が強がるように鼻を鳴らした。ひきつった笑いを無理やり浮かべ、廣末はきいたふうな台詞《せりふ》を口にした。「お、おまえこそ、いままで食べたパンの数をおぼえてい……」

袖から引き抜いたカッターナイフは、スライダーと刃のあいだに輪ゴムを何本も突っ張らせ、簡易的な自作銃に改造してある。結衣は瞬時にカッターナイフを廣末に向け、安全ストッパーを押しこんだ。ゴムの弾性力は馬鹿にならない。張り方により火薬以上に強くなる。射出された刃は廣末の片目に命中し、眼球を深々と抉《えぐ》ったうえ、後頭部に突き抜けた。廣末の頭部は前後から激しく鮮血を噴射した。膝をがっくりと床につき、茫然《ぼうぜん》とした表情のまま、廣末はつんのめった。

間近にいた塘爾と庵崎は、全身に血を浴びながら絶叫した。へたりこんだ庵崎は、四つん這《ば》いであたふたと逃げだし、社長室のドアへ駆けこんでいった。さっき落とした拳銃を拾う気だろう。塘爾のほうは階段を転落するように駆け下りていった。

結衣は下り階段を踊り場まで跳躍した。飛び下りると同時に前転し、着地の衝撃を肩から背に逃がす。もういちど踊り場から二階廊下までジャンプした。今度は回転せず、膝のバネで衝撃を吸収した。即座に二階の状況を把握する必要があったからだ。

廊下を塘爾の後ろ姿が、泡を食いながら遠ざかっていく。結衣は追おうとしたが、階下から複数の靴音があわただしく駆け上ってきた。

塘爾が振りかえり、死にものぐるいの怒鳴り声を発した。「堂森！　そいつが結衣だ、ぶっ殺せ！」

髭面《ひげづら》の巨漢を先頭に、首から下を黒で統一した輩《やから》どもが、猛然と結衣に押し寄せてきた。数十人はいる。半沢荘の見張りのほか、社外に散っていた実働部隊が戻ってきたらしい。武器はコンバットナイフやバール。鍛えあげた身体つきから、押し込み強盗殺人はこいつらの仕事だとわかる。結衣への襲撃にもなんの迷いも感じさせなかった。

堂森と呼ばれた髭面による、ナイフのすばやいスイングを躱《かわ》し、結衣は身を翻した。四方八方からのナイフの突きと、振り下ろされるバールを連続で回避する。ステップが思うようにならない。マーメイドスカートの丈の長さを呪うより早く、結衣はしゃがんだ姿勢から裾を太腿《ふともも》までたくしあげ、自由になった片脚で高い蹴りを繰りだした。

真正面に迫り来る男の顔面に、靴の裏が深くめりこむ。仰向《あおむ》けに倒れる敵の口から、折れた前歯が数本舞いあがった。結衣はすぐさま脚を引き戻し、油断なく次の攻撃に備えた。

だがそのとき庵崎の声が響き渡った。「どいてろ！」

黒ずくめの群れはいっせいに伏せた。二階と三階のあいだの踊り場から、庵崎が拳銃を俯角《ふかく》に構え、結衣を狙い澄ました。

銃口はわずかに横長の楕円《だえん》だった。縦長でなければ身体に命中する恐れがある。結衣はすばやく横っ跳びに避《よ》けた。銃声が轟《とどろ》き、結衣のなびいた後ろ髪を、弾丸がかすめ飛ぶのがわかった。

結衣は二階廊下を猛然と駆けていった。行く手にいたはずの塘爾は姿を消している。どこかのドアを入ったらしい。背後に靴音が響く。階段を駆け下りてきた庵崎が、黒ずくめの男たちを掻《か》き分け、先陣を切り追ってくる。銃撃が何発かつづいた。壁に跳弾の火花が散った。結衣はドアのひとつを開け、なかに飛びこんだ。

狭い室内は物置だった。誰もいない。ドアを内側から施錠したが、直後に集団の靴音が駆け寄ってきた。騒音とともにドアがしなる。こぞってバールを打ちつけているにちがいない。

早くもドアに亀裂《きれつ》が走ったものの、結衣は動じなかった。床に置かれたゴミ捨て用のドラム缶は、直径約三十センチ高さ約五十センチ、おあつらえ向きの素材とサイズだった。ひっくりかえしゴミをぶちまける。近くにあった掃除機の電源コードを引っぱりだし、プラグを強く缶の底に、裏側から突き刺した。缶の底に穴が開き、プラグは内部へ貫通した。横倒しにした缶のなかに、伸ばしきった電源コードをすべて引きこむ。滑り止め用の液体ゴムの容器を開け、中身を缶に流しこみ、電源コードをまんべんなく濡《ぬ》らした。

もうドアはほとんど壊れていた。結衣はキッチンタオルを破き、両耳に詰めた。太い腕がドアを突き破った。堂森が壊しながら穴を広げている。戸口に殺到する黒ずくめの中心に庵崎がいた。

庵崎は拳銃を結衣に向けた。「覚悟しやがれ!」

横たわった缶の口はドアに向いていた。結衣はつぶやいた。「おめえらが殺した人たちの、無念の叫びをきけよ」

掃除機の電源コード引きこみボタンを押した。急速にコードが缶の底に開いた穴を通過する。やたら甲高く大勢の悲鳴に酷似した、極端な高周波の音波が奏でられる。耳栓をしている結衣まで頭が痛くなるほどだった。庵崎と堂森、黒ずくめの群れがいっせいに苦痛に顔を歪《ゆが》め、両手で耳を塞《ふさ》いだ。だがもう遅かった。高周波が鼓膜を破り、脳血管を随所で破断させる。外傷性脳損傷を生じた男たちが、廊下でばたばたと倒れていった。

音響攻撃の技術研究は、父の半グレ集団のひとつ、D5の最重要課題だった。缶の底が共鳴板となり、缶全体はアンプとして音波を増幅させる。この即席装置の作り方はD5の知恵だが、細部の調整には友里佐知子のファイルで得た知識が役立った。電源コードがすべて引きこまれるまでの五秒間、高周波の音波は廊下いっぱいに反響しつづけた。静寂が戻ったとき、全員が床に折り重なるように倒れていた。

結衣は身体を起こし、両耳の詰め物を外した。壊れたドアからゆっくりと廊下にでる。足もとに庵崎が仰向けに倒れていた。血だらけの顔で半目を開け、死にかけの魚のように口を開閉させている。近くに巨漢の堂森も突っ伏していた。

投げだされた拳銃《けんじゅう》を拾った。グロック21だった。結衣は立ったまま、ほぼ真下に銃口を向け、庵崎と堂森の頭をつづけて撃ち抜いた。銃火は二度閃《ひらめ》き、銃声も二回響き渡った。やはりグロック製は反動が適度に抑えられ、撃ちやすい銃だと感じる。

倒れた黒ずくめの大半は、外傷性脳損傷で即死状態だったが、数人に痙攣《けいれん》が見てとれる。結衣はそいつらの頭部にも銃弾を叩《たた》きこんだ。ほどなく静寂が戻った。結衣の左手は、スライドが後退した状態の拳銃を握っていた。廊下には火薬のにおいが立ちこめている。むろん連続発砲のせいだろう。

いや、ちがう。結衣は鼻をひくつかせた。火薬に特有の刺激的な香りにはちがいない。だが異なる種類が混ざっている。銃撃にともなう硝煙のにおいだけなら、もっと微香に留《とど》まる。

廊下の奥のドアが弾《はじ》けるように開いた。真っ先に姿を現したのは塘爾ではなく、同世代の白髪頭のスーツだった。胸の前に黄いろの包装の物体を抱えこんでいる。C4爆薬をガムテープで束ねたうえ、右手に無線リモコンスイッチを握っていた。塘爾はその男の後ろに、身を隠すようにつづいてくる。

男の肩越しに塘爾が呼びかけた。「宇宿、油断するな」

宇宿と呼ばれた男は研究者タイプだった。たぶん爆弾の専門家だろう。スイッチを持つ右手が震えていた。汗だくの顔で目を瞬《しばたた》かせつつ、宇宿が緊張の声で結衣に告げてきた。「さがれ。道を開けろ。俺たちが外にでるまでなにもするな」

結衣は退かなかった。「やめといたほうがいい」

「なにをいってる。おまえが飛びかかってきても、俺がボタンを押すほうが早いぞ」

「飛びかからない。撃ち殺す」

「あ?」宇宿の目が結衣の手もとを眺めた。こわばった表情に笑いが浮かぶ。くぐもった声で宇宿がいった。「撃ち尽くしてるじゃないか」

「これ、わたしが指でスライドを後退させてるだけ。ほんとは最後の一発が装填《そうてん》寸前のまま残ってる。そこの馬鹿社長を油断させて、誘いだしたかったから」

宇宿の向こうで塘爾が怒鳴った。「ハッタリだ!」

結衣は悠然ときいた。「宇宿さんもそう思うかよ」

額に無数の汗粒が噴きだした宇宿が、うわずった声を絞りだした。「ゆ、優莉の小娘など恐るるに足ら……」

瞬時に結衣は指の力を緩めた。拳銃のスライドが元に戻った。弾丸装塡の音が響く。宇宿ははっとし目を瞠《みは》ったが、ときすでに遅しだった。結衣は宇宿の右手首を狙い、すかさずトリガーを引いた。銃声とともに反動をてのひらに受ける。宙に舞ったのは薬莢《やっきょう》だけではなかった。宇宿の右手がリモコンを握ったまま床に転がった。切断された手首が血まみれになっていた。

宇宿が絶叫とともに仰向けに倒れた。腹には大量の爆薬を抱えこんだままだ。宇宿の背後で塘爾が下敷きになった。塘爾は焦燥に駆られ、リモコンを拾おうと躍起になっている。だが塘爾の上で宇宿が激痛に転げまわり、いっこうに抜けだせない。

切り離された手の筋肉は収縮する。結衣はいった。「早く拾わないと、指がボタンを押すんじゃね？」

塘爾は目を白黒させ、狼狽《ろうばい》をあらわにしながらもがいた。「どけ、宇宿。早くどいてくれ！　爆発しちまう。吹っ飛んじまうだろうが！」

結衣は泣き叫ぶふたりに背を向け、階段を下りていった。一階の観音開きのドアを抜け、外にでる寸前まで、塘爾の声は虚《むな》しく響き渡っていた。助けてくれ。頼む、優莉結衣。金ならやる。ここから連れだしてくれ。

最期までEL累次体メンバーの名を口にしなかったのは立派だ。やはり脅しでは落とせなかっただろう。さっき智沙子の名を騙《かた》った成果として、少なくとも伊桜里の居場所だけはわかった。

轟音《ごうおん》が地面を揺るがした。背後から熱風が吹きつけてくる。結衣は振りかえった。いまでてきたばかりのエントランスが潰《つぶ》れ、三階建ての社屋が倒壊していく。地面から噴きあがる白煙が、巨大風船のごとく膨張し、傾斜した建物全体を呑《の》みこんだ。ガス管が破断し、火柱は火球と化し、すさまじい爆発を引き起こす。外壁が一瞬にして崩落し、瓦礫《がれき》の山だけが残った。

突風は熱かったが、これぐらいの距離があれば安全だと知っていた。砂煙のなか結衣はたたずんだ。ナムはミン・フォンを寄越《よこ》してくれたが、武装部隊は貸せないといってきた。ディエン・ファミリーとしては、めだつ抗争など引き起こせないのだろう。そこは理解できるものの、足のひとつでも提供してほしかった。迎えのクルマでもまわしてくれるかと思ったが、どうやら甘かったようだ。なんにせよ伊桜里は入間市の西端にいる。クルマをどれだけ飛ばしても間に合わない。

ふと結衣は異変に気づいた。爆発後の甲高い耳鳴りがおさまり、聴覚が戻ってきても、なお静けさを感じない。砂煙が漂う濃霧に似た眺めも、いっこうに晴れないどころか、嵐も同然の強風が吹き荒れだした。

はっとして頭上を仰ぐ。黒々としたヘリのシルエットが浮かびあがっていた。垂直に高度を下げてきて、いまや地面に着く寸前だった。ベル427、民間の機体だとわかる。側面のドアは開け放たれていた。

結衣はヘリへと駆けていった。キャビンに飛びこみ、ただちにドアを閉める。前方に目を向けると、操縦席でパイロットが振りかえった。ネルシャツがはち切れそうな肥満体がそこにあった。百九十センチを超える大柄な身体をシートに丸め、大木のように太い腕で操縦桿《そうじゅうかん》を操る。父そっくりの腫《は》れぼったい目が結衣を見つめていた。

爆音のなかでは会話もできない。結衣は副操縦士席におさまると、ヘッドセットを装着した。マイクでパイロットに告げる。「篤志。こんなヘリどこからかっぱらった?」

二十三歳の次男、篤志が同じくヘッドセットのマイクで応答した。「人聞きの悪いことをいうな。ナムのおっさんからディエン空輸に呼ばれた。兵隊は貸せねえが、兄貴の俺が行くべきだとよ」

すでにヘリは上昇しつつある。結衣は篤志に行き先を伝えた。「伊桜里は桜山展望台と八高線のあいだの山。入間市内の青梅市寄り」

「あれか。トーベ・ヤンソンあけぼの公園の南……」

「トーベ・ヤンソンあけぼの子どもの森公園」

「なんでもいいだろ、そんなの」篤志は眼下を一瞥《いちべつ》した。「また派手にやったな。毎度のごとく汗も指紋も残らねえし、毛髪採取も不可能か」

「篤志。伊桜里はわたしたちみたいにはやれない。一刻を争う」

「まかせろ」篤志はコレクティヴ・レバーを戻した。ヘリが猛然と水平飛行を開始する。操縦桿を操りながら篤志がいった。「妹を見殺しにできるかよ」

29

伊桜里は志鎌の屋敷から追いだされた。リュックにおさめた上納金は、なぜか渡せずじまいだった。持ち帰ったのでは叱られると伊桜里は食いさがったが、志鎌は外にいる者と話がついているといった。結局そのまま押し切られ、伊桜里は途方に暮れつつ豪邸の外へ戻った。

怒声を浴びるのを伊桜里は覚悟していた。ところがどういうわけか、萩維は車外に立ち、わざわざ助手席のドアを開け迎えてくれた。伊桜里は戸惑いながらもリュックを下ろし、シートにおさまった。萩維も運転席に乗りこみ、さっさとクルマを発進させた。

「……あの」伊桜里は萩維に報告した。「すみません。お金を渡せなくて……」

「いい。状況が変わった。別の家に行くから、金はそっちで渡せ」

クルマは来た道を引きかえすでもなく、また新たな目的地に向かっている。用心のためだったのだろうか。志鎌はＥＬ累次体の一員ではなく、午前中に訪ねた富豪と同じ、ただの目眩《めくら》ましにすぎなかったのか。これからめざす場所にいるのが、いよいよ本物のEL累次体メンバーなのか。

伊桜里のなかで猜疑心《さいぎしん》が募りだした。急に流れが変わったのなら、誰かが変えたと考えるべき、結衣はそんなふうに教えてくれた。あわてず騒がず、状況に身を委《ゆだ》ねるふりをしつつ、警戒だけは怠ってはならない。それが結衣の教えだった。

道路沿いに田畑が増えてきた。行く手にも低い山が連なる。前方は赤信号だった。クルマがゆっくりと停車する。辺りにほかの車両はない。

萩維はリーゼント頭を撫《な》でつけていたが、ふと思いついたようにシートベルトを外し、ダッシュボードを開けた。「窓を拭《ふ》かねえとな」

思わずはっと息を呑んだ。当たり前のようなひとりごと。敵が不意を突いてこようとするとき、動作にやましいところはないと強調したがる。結衣はそういった。とりだされた雑巾《ぞうきん》は真新しかった。萩維はそこにポリ容器を傾け、液体を染みこませている。これが窓拭きでないとすれば、液体も当然ながらクリーナーではない。伊桜里はゆっくりと息を吸い、肺のなかを空気で満たした。窮地に立たされた場合、緊張を解くために深呼吸をする。これも結衣に授けられた知恵だった。

危惧《きぐ》は一瞬のうちに現実に変わった。萩維が雑巾を持った手を、猛然と伊桜里の顔めがけ振ってくる。雑巾が目の前に迫る。一秒足らずのできごとであっても、伊桜里はいつしか動体視力や平常心を鍛えられていた。いまにも口もとに押しつけられんとする雑巾の動きを、視野ではっきりとらえたうえ、かすかなにおいも嗅《か》ぎつける。マーカーペンのインクが放つ臭気に、若干の甘酸っぱさが加わっている。

あらゆる種類の薬品のにおいを結衣は嗅がせてくれた。このにおいはハロタンだ。外科手術用の麻酔として使われる。交感神経を抑制する吸入麻酔薬で気化させやすい。液体が口に入らずとも、そこから立ち上る気体を吸えば、たちまち意識を失う。

いま萩維はすばやく隙を突いたつもりだろうが、伊桜里は動作をしっかり観察していた。雑巾が顔に達する前に、伊桜里はとっさに深く息を吸いこんだ。

肺活量は毎日鍛えさせられている。限界まで吸いこんでから、五秒間息をとめ、すべて吐ききってからまた息をとめる。そんな鍛錬法を、ジョギングと水泳の前後に義務づけられてきた。いまではかなり長く呼吸を静止できる。雑巾が強く押し当てられたとき、伊桜里は鼻と口からいっさいの気体を吸わず、ただ目だけを閉じた。全身をぐったりと弛緩《しかん》させる。

雑巾がゆっくりと顔から離れる。萩維はなおも疑い深そうに、間近から伊桜里をのぞきこんでくる、そんな気配があった。伊桜里は息を微量ずつ吐きながら眠っているふりをした。瞼《まぶた》のかすかな痙攣《けいれん》は問題視されないはずだ。薬品で意識を喪失した場合には、そういう反応が表われると結衣が説明した。

車体後方から短いクラクションが響いた。どうやら別のクルマが後ろにつけたらしい。信号が赤から青に変わったのだろう。萩維のため息がきこえる。ほどなくクルマは走りだした。萩維がシートベルトを締める音がする。つまり萩維は前方に向き直ったうえで、ステアリングを操作している。もう伊桜里だけを注視するわけにいかないだろう。

体内時計の体感的な計測法も、結衣が教えてくれている。志鎌邸を後にしてから、もう十分ほど過ぎたと感じる。クルマは左右にうねりながら坂を上っていた。運転に慎重にならざるをえない状況だけに、いま萩維は伊桜里を見ていないだろう。そう思いながらうっすら目を開ける。

山道を上りつづけている。道路は片側一車線の双方向だが、ほかにクルマは見えない。ほどなく平らな駐車場に乗りいれた。そこにも一台のクルマも停まっていなかった。アスファルトはヒビだらけで、あちこちに雑草が生えている。ふだんからあまり人が寄りつかない場所かもしれない。

萩維がクルマの速度を落とす。じきに停車しそうだ。伊桜里は目をつむった。

やがて静止する感覚があった。エンジン音が途絶えた。運転席側のドアが開き、萩維が車外にでたとわかる。助手席側にまわってきてドアを開けた。また萩維が伊桜里を見下ろす気配がある。眠っているかどうかたしかめているらしい。伊桜里は表情筋をひきつらせないよう努めた。もう目を開けてもいけない。

シートベルトが外された。いきなり伊桜里は助手席から車外へ引きずりだされた。思わず息を呑《の》んだものの、かろうじて脱力状態を保ち、状況に身をまかせつづける。萩維は伊桜里をいったん俯《うつぶ》せにし、上半身をクルマのボンネットの上に伏せさせた。リュックを背負わせてくる。

伊桜里の身体は抱きあげられた。クルマを離れ、萩維の手で駐車場内のどこかへ運ばれていく。風が吹きつけてくる。いきなり硬い板の上に座らされた。小さな板に思える。背負ったリュックが、なんらかの背もたれらしき物にもたせかけられている。椅子だろうか。妙にぐらぐら揺れる。

萩維の声がきこえた。「あばよ、疫病神の小娘」

思わずはっとし、伊桜里は目を開いてしまった。萩維の顔が間近にあった。いきなり覚醒《かくせい》した伊桜里に、萩維の顔にも驚きのいろが浮かぶ。

状況は瞬時に理解できた。公民の教科書で写真を見たことがある。ここは山腹の駐車場の縁、貨物索道の出発点だ。アーチ状に組まれた鉄骨を起点に、索条《ロープ》が斜め下の谷底へと張られている。切りだした木材を地上へ運搬するための、無人の小型ゴンドラがロープに吊《つ》り下げられている。いま伊桜里はそのゴンドラの足場に座らされていた。

萩維があわてたように伊桜里を突き飛ばそうとしてきた。だが伊桜里は萩維に抱きついた。手足をばたつかせた萩維が、叫びとともに前のめりになり、ゴンドラの手すりをつかんだ。ふたりを乗せたままゴンドラの滑車が回転し、ロープを下降しだした。

ふたりはわずかな足場の上でもつれあい、ほぼ宙吊りの状態になった。

肝が冷える。眼下には見渡すかぎりの緑の絨毯《じゅうたん》がひろがる。ロープの傾斜角は水平に近く、谷底はまだ遠い。落ちたらひとたまりもない。

鬼の形相の萩維が馬乗りになり、両手で伊桜里の首を絞めてきた。「やりやがったな、このガキ。死にやがれ！」

罵声《ばせい》が胸に突き刺さる。勇気が萎《な》えしぼむのを自覚する。犯罪者にすら存在を求められない。死しか望まれていない。自分ひとりではなにもできない。悲哀に涙が滲《にじ》みそうになる。

そのときゴンドラが途中の支柱を経由し、滑車が段差を乗り越えたらしく、強い縦揺れが襲った。萩維が恐怖にすくみあがる反応をしめし、握力が一瞬弱まった。

伊桜里のなかに小さな火が灯《とも》る気がした。たちまち胸のうちを焦がすほど燃えひろがっていく。体内が熱を帯びてきた。この凶暴な大人は高いところを怖がっている。伊桜里はそのかぎりではない。

火柱があがるかのように闘争心が燃えあがった。伊桜里は人差し指と中指で萩維の脇の下を強烈に突いた。神経を打たれた萩維は感電したがごとく、ぎゃっと声をあげ、大きくのけぞった。

すかさず伊桜里は萩維から脱し、軽く跳躍した。両足が乗ったのは、ゴンドラの足場を縁取る小さな手すりの上だった。

たちまちゴンドラが大きく傾きかける。萩維は足場の上でうずくまった。「よせ！おい小娘、そのリュックを捨てろ」

伊桜里には理由がわからなかった。「お金が要らないの？」

「いいからさっさと投げ捨てやがれ！」萩維の手が伸びてきた。リュックのコンプレッションストラップをつかもうとしてくる。

手すりの上のフットワークで身を躱《かわ》しつつ、伊桜里はリュックを背中から下ろし、萩維に押しつけようとした。とたんに萩維はじたばたし、リュックをゴンドラの外へ投げだそうと必死になりだした。

なにかがおかしい、伊桜里はそう悟った。このリュックの中身は上納金ではない。なんらかの危険物だろうか。

ならば投げださせるわけにいかない。爆弾だとすれば、ここで萩維が吹き飛べばいい。そのため自分が犠牲になっても怖くない。生きる喜びは充分にあった。結衣と過ごした日々が、それまでの苦悩を帳消しにしてくれた。

ふたりはリュックの奪い合いになった。コンプレッションストラップを一本ずつ双方がつかんでいる。業を煮やした萩維が、もう一方の手で、なんらかの物体をズボンから引き抜いた。「優莉匡太の娘が！　ふざけた真似をすんじゃねえ！」

萩維の手に拳銃《けんじゅう》が握られていた。銃口は正円だった。伊桜里は反射的に手すりの上ですばやく身を翻した。正円が縦長の楕円《だえん》へと変わった瞬間、拳銃が火を噴いた。けたたましい銃声にも伊桜里は臆《おく》しなかった。弾丸は伊桜里のわきをかすめ、はるか彼方《かなた》に飛び去った。

愕然《がくぜん》とした萩維が拳銃を両手で構え直した。リュックはまた伊桜里の手に戻った。至近距離からの銃撃が執拗《しつよう》に繰りかえされた。銃声の音量は頭が割れるほどだったが、伊桜里のなかにはなんの恐れもなかった。ぐらつくゴンドラの手すりの上で、平均台のごとくバランスをとり、銃口が縦長の楕円になる位置に、最小限の横移動を俊敏に果たす。萩維はやけになったらしく、ほとんど闇雲に発砲してきた。やがて弾は撃ち尽くされた。

「畜生!」萩維は空になった拳銃を投げつけてきた。伊桜里が難なく躱すと、半泣き状態の萩維がわめいた。「この生意気なガキ。地獄に落ちろ!」

「……ああ。そういうことだったの」

「なにがだ」

「子供より賢くない大人もいるんだね。わたしが知らないことを大人は知ってる、そんな前提がまちがいだった。それならそうといってくれればよかったのに」

萩維が激昂《げっこう》をあらわにした。跳ね起きるや萩維は挑みかかってきた。「意味不明な戯言《ざれごと》ばかりほざきやが……」

爆音とともに突風が襲った。ゴンドラが大きく揺さぶられ、萩維が体勢を崩しかける。巨大な影が頭上をかすめ飛んでいった。かなり遠ざかってからヘリコプターだとわかった。

だが萩維にとっての脅威はヘリではなく、頭上の通過時に降ってきた人影にちがいない。伊桜里の目の前で、結衣はゴンドラに着地すると同時に、リュックごと萩維を蹴《け》り飛ばした。

空中に投げだされた萩維は、しばしなにが起こったかわからない、そんな顔をしていた。両手は反射的にしがみつく物を求めたのか、リュックをしっかり抱き締めている。ようやく転落を意識したらしく、かなり小さくなった萩維の絶叫が、ゴンドラ上に居残る伊桜里の耳にも届いた。だがそれは一瞬にすぎず、爆発の真っ赤な火球が膨れあがった。萩維の身体は無数の肉片と化し、轟音《ごうおん》とともに四散し消し飛んだ。くすぶる火が点々と谷底に降っていく。

爆発の衝撃波と熱風が過ぎ去り、ゴンドラの揺れはおさまりつつあった。伊桜里は手すりから足場へとすんなり下りた。依然として不安定なゴンドラの上だが、ふたりとも難なく向かい合った。

結衣の目が潤みだしていることに伊桜里は驚いた。ヘリからゴンドラに飛び移ってきた以上に驚きだった。滅多に感情をのぞかせない姉だ。けれどもじっと見つめ合う隙はあたえられなかった。結衣が伊桜里を抱き締めたからだ。

身体が冷えていたことに気づかされる。それぐらい結衣は温かかった。滑車の音だけが響く静けさのなかで、結衣が控えめな物言いでささやいた。「伊桜里。保護者として迎えにきた。人殺しになんかさせない」

さまざまな感情が織り交ざりながらこみあげてくる。伊桜里は泣きながら笑っていた。きょうはまたひとつ勉強になった。結衣から本当はなにを学びたかったのか、どんなことを知りえたのか、いまになってようやくはっきりした。生まれ変わったと思える実感は、けっして幻や錯覚ではない、たしかにこの胸をいっぱいに満たしている。

30

日曜の昼下がり、結衣は伊桜里からきいた情報をもとに、志鎌なる家主の豪邸を訪ねた。きょう結衣はひとりだった。伊桜里は都内に置いてきた。姉の本性は妹に見せられない。

志鎌の妻と息子夫婦がでかけているのは調査済みだった。結衣が押しいったとき、高齢の志鎌はパジャマにガウンを羽織り、ダイニングルームで優雅にパンとコーヒーを味わっていた。容赦する必要はないと結衣は思った。武井戸建設による押し込み強盗殺人の被害者も、多くは寝間着姿だったからだ。

いま志鎌は上半身裸のうえ、後ろ手に縛られ、リビングルームの床にひざまずいている。志鎌をそんな状態にしたのはむろん結衣だった。猿ぐつわを嚙《か》んでいる志鎌は呻《うめ》き声しか発しない。眼球が飛びだしそうなほど目を見開き、絶えず恐怖に慄《おのの》いている。

結衣はテレビを点《つ》けた。動画配信サービスから、絶叫系のスプラッタームービーを選択、大音量で再生した。豪邸の二重窓ゆえ、音がさほど漏れきこえる心配もないが、前面道路の通行人の聴覚には多少なりとも届きうる。なにごとかと耳を澄ましたとき、いかにも作りものっぽい映画のサウンドトラックをきけば、通行人もただ立ち去るだけだろう。

テレビを眺めながら結衣はつぶやいた。「三歳ぐらいだったかな。物心ついて最初にDVDで観せられた映画が『テキサス・チェーンソー』、次が『サンゲリア』。四歳になるとフィクションには慣れてくるからか、海賊版の『ジャンク／死と惨劇』になった。本物の自殺、人体解剖、死刑、事故死のドキュメンタリー映画」

志鎌が唸《うな》り声を響かせた。脅そうとしても無駄だ、そんなふうに強がっている。余裕をかましていられるのもいまのうちだと結衣は思った。

結衣は志鎌に向き直った。「志鎌弥一郎《やいちろう》、七十六歳。東亜《とうあ》通信工業の創業者、公益財団法人志鎌財団理事長。ミリド通販グループ名誉会長。実業家としては大物だけど、司法を動かせる立場にはない。だけどEL累次体の一員として、仲間に口利きを頼めば、反社の犯罪も帳消しにできる。その権限により武井戸建設をこき使ってきた。合ってる?」

唸り声がいっそう大きくなった。ほぼブーイングだった。結衣は歩み寄り、志鎌の猿ぐつわを取り払った。

顔面を紅潮させた志鎌が怒鳴り散らした。「おまえは優莉架禱斗の妹だな! 相手を見てものをいえ。EL累次体に楯突《たて》いて、ただで済むと思うなよ」

匡太の子でなく、架禱斗の妹と呼ばれるのがポピュラーになりつつあるようだ。シビック政変のせいだろう。醒《さ》めた気分で結衣はいった。「大事なことを忘れてる」

「なんの話だ」

「血筋でいうなら友里佐知子の娘」

「そんな愚劣な自慢で私を畏怖《いふ》させられるとでも……」

結衣は缶スプレーを志鎌の上半身に噴射した。とたんに志鎌は絶叫とともに横倒しになり、激痛に耐えかねるように転げまわった。液体は無色透明で、肌にも見るかぎり異変はないが、志鎌はさかんに身悶《みもだ》えしつづける。

スプラッタームービーの音声と、志鎌による本物の絶叫が、いいぐあいにミキシングされている。驚いた通行人が聞き耳を立てても、おどろおどろしいBGMに苦笑するだけだろう。結衣は缶を片手で振った。「フッ化水素酸は父の半グレ集団も使ってた。だけど調合が難しくて、濃すぎると脱水性の壊疽《えそ》どころか、たちまち骨が溶けて死んじゃってね。拷問どころじゃない。そこいくと友里佐知子はさすが女医。ファイルに適切な成分表が載ってた」

凄《すさ》まじい叫びが耳をつんざく。志鎌は右へ左へとせわしなく寝返りを打った。のたうちまわるさまは早送りの映像のようだった。血走った目が結衣を仰いだ。志鎌は吐き捨てるがごとくわめいた。「この悪魔が！」

「EL累次体のほかのメンバーが知りたい。特に中枢の顔ぶれ」

「誰がおまえごとき小娘に教えるか。潔く殺せ！」

結衣は殺虫剤のごとく、缶スプレーを志鎌の身体にひと吹きした。志鎌はさらに甲高い絶叫とともに、全身を大きくのけぞらせた。「おうぁー！　おぅあぁ！」

「メンバー」結衣は急《せ》かした。

「知らん！」志鎌の声に嗚咽《おえつ》が交ざりだした。「ろくに会ったことなど……」

またシューと数秒間スプレーする。志鎌は断末魔に近い叫びを発し、おぞましいほどに目を剝《む》いた。「おうぁぁぁ！」

「名前は？」

「ほ、ほんの数人しか」志鎌は床に突っ伏し、むせび泣きながら答えた。「全体会議でも、ほとんどは知らない顔ぶれだったんだ」

「知ってる奴の名前だけでいい」

また志鎌は言い淀《よど》んだ。だが結衣がスプレーを向けると、志鎌はびくついたように身体をへの字に曲げた。

「う、梅沢《うめざわ》総理！」志鎌のうわずった声が室内に反響した。「馬鹿息子の佐都史《さとし》もだ。それに隅藻長輔《くまもちようすけ》。ほかに見かけたのは玉井《たまい》英剛《ひでたけ》や横田《よこい》克俊《かっとし》、政岡《まさおか》秀範《ひでのり》あたりだ」

隅藻長輔は法務大臣の名だ。ほかはききおぼえがないが、たぶん政財界の大物だろうし、ネットで検索すれば見つかるだろう。結衣はさらに問いかけた。「あとは？」

「知らんよ！　会議じゃ最後列の末席だし、全員の顔なんて確認できん」

こういう場合、すべてをたちまち自白するとは思えない。最重要の名は隠している。結衣は質問を継続した。「もっと大物の名前は？」

「誰のことだ。わからん。さっさとこれをほどけ、優莉結衣。いまのうちなら見逃してやるが……」

志鎌の背中を広範囲にスプレーした。奇妙な四足動物のように、志鎌は海老反《えびぞ》りになり飛び跳ねた。叫び散らすばかりでなく、大粒の涙を滴らせ、部屋の隅まで転がっていった。

「矢幡元総理だ！」志鎌は豪邸を揺るがすほどの声量でわめいた。「元総理が中心になってる！」

結衣は冷やかに志鎌を見下ろした。「次は滑らない話をききたい」

「冗談なんかいってない！　ほんとに矢幡元総理だ」

「失踪《しっそう》してる」

「ご健在だ！　会議の席にも頻繁にメッセージが届く。録音もある！」

「どこに？」

また沈黙が生じた。結衣はため息とともにスプレーを志鎌に吹きつけた。

「ぎゃあああ！」志鎌の叫びはもはやほとんど獣じみていた。「そのキャビネットのなかだ！　白い表紙の洋書。録音のチャプターは17だ……」

洋書のハードカバーが目にとまった。キャビネットから本を引き抜く。重さでブックボックスだとわかった。表紙を開くと内部の空洞にICレコーダーが横たわっていた。ボタンを押してみる。押すたび液晶表示のチャプター番号が進んだ。チャプター17を再生した。

何者かの声がいった。「ご列席の皆様。矢幡前総理からメッセージが届いております。おききください」

会議の席上にスピーカーで流された音声だろう。矢幡の声はくぐもっていた。高圧的な口調で矢幡の声が告げた。「梅沢。目的は正しかった。方法がまちがっていただけだ。不変の滄海《そうかい》桑田と至近の接触を忘れるな。以上だ」

音声はそれきりだった。結衣は志鎌にたずねた。「矢幡元総理と直接会ったことは？」

「EL累次体の会議では、いちどもない……」

音声が届くのみか。声はたしかに矢幡元総理だ。しかし違和感がある。とても本人とは思えない。というより喋り方にどこか馴染みがあった。何者だろうか。

結衣はICレコーダーを手にしたままドアへ向かいだした。「わかってると思うけど、警察なんかに通報しないほうがいい。EL累次体に消されるのがオチ」

「おい、まってくれ。優莉結衣。これをほどいてくれ！」

後ろ手にドアを叩《たた》きつけ、結衣は廊下を玄関へと歩いていった。不変の滄海桑田と至近の接触。いったいなんのことだ。数人のメンバー名と、矢幡の声に似せた奇妙な音声メッセージを得た。EL累次体の次なる狙いはなんだろう。

皮肉なものだと結衣は思った。架禱斗の妹が兄につづき、また日本政府を脅かさざるをえない。

31

夏休みは終わったが、まだ朝から強い陽射しが降り注ぐ。空気はいくらか潤いを帯び、涼しげな風になって吹き、並木の枝葉を揺らす。季節が変わっていく。人という存在も少しずつ変わっていくものなのだろう。

中学校の校門を前に、路地には夏服があふれている。登校する生徒たちの群れのなかに、伊桜里は違和感なく馴染《なじ》んで見える。結衣がこうして付き添うのも、きょうが最後にちがいない。だから妹の姿を目に焼きつけておきたかった。

二週間ぶりに会った伊桜里は、色白で華奢《きゃしゃ》なのは前と同じだが、ずっと明るく活発になっていた。並んで歩く伊桜里が見つめてきた。「結衣お姉ちゃんのほうは、最近どうだった?」

「静かだった」結衣は伊桜里に歩調を合わせていた。「大学はまだ夏休みだし、呑気《のんき》に過ごしてる。公安が見張るなかだけど」

「そっか……」

「伊桜里は? 新しい施設に嫌な大人はいない?」

「いなくはないけど、気にしないことにしてる。大人って歳を重ねた子供にすぎないんだよね。成長してない人もときどき交じってる。それがわかってからは、悩んだり苦しんだりしてない」

辛《つら》い生い立ちだからこそ世に幻想を見る。結衣はそのことをよくわかっていた。伊桜里の思いに深く共感できる。親代わりを求めてやまない純粋な依存心が、意地の悪い大人たちに利用されてしまう。ときとして後戻りできないほど人生を狂わされる。伊桜里は社会の汚さを理解した。それを成長と呼ぶのならそうなのだろう。喜ぶべきかどうかはわからない。人生に本当の喜びがあるかどうかも。

「あのさ」結衣は伊桜里にいった。「家裁の判断が下るまで、まだ何か月もかかると思うけど……。撤回するならいまのうちだって弁護士さんが」

伊桜里はふしぎそうに目を丸くしたのち、微笑とともに首を横に振った。「撤回なんて。全然迷いもしなかったのに」

「だけど……」思わずため息が漏れる。結衣はささやいた。「いまさら優莉姓を選ぶなんて。学校でどんな目に遭うか」

「どんな目に遭っても平気。そんな生き方を教えてくれたのは結衣お姉ちゃんでしょ。優莉伊桜里って呼ばれる日がいまから楽しみ。卒業までに間に合うかなぁ」

校門に近づいた。見送ってすぐ立ち去ろうと思っていたが、いざここまで来ると、まだ話し足りないと感じる。結衣は足をとめた。「伊桜里。二学期からせっかく進学を志望したんだから、無事に高校生になってほしい。優莉姓は敬遠される。入試には不利になる」

「優莉姓のお姉ちゃんが入学してる高校なのに?」

「……まさか」結衣は面食らった。

「わたしが行きたいのはここから近い都立」伊桜里はにっこり笑った。「日暮里《にっぽり》高校へ進学したい」

絶句ののち、結衣の口を衝《つ》いてでたのは、あきらめの感情が籠《こ》もったひとことだった。「マジかぁ……」

伊桜里は顔を輝かせた。「凜香お姉ちゃんが在学してるんだよね? っていうかほんとの六女、瑠那お姉ちゃんもいるって……」

「しっ。声が大きい」結衣は唸《うな》りながら頭を掻《か》いた。「いろいろ問題がある。未成年の兄弟姉妹どうしは同じ学校に通えないのが原則だし」

「当初から互いに同じ学区内に住まない原則……でしょ? 明文化されてるのはそこだけだって弁護士さんがいってた。あとで学区が重なっちゃったのなら、仕方ないと判断されるかもって」

「駄目って判断されるかも」

「わたしはあきらめない」伊桜里は屈託のない笑いを浮かべた。「凜香お姉ちゃんや瑠那お姉ちゃんと一緒の学校に通いたいもん」

「優莉姓になったうえで、同じく優莉姓のせいで煙たがられてる凜香の学校に入る？なんでそんなこと」

「優莉家の兄弟姉妹でも、胸を張って生きられるようにしていきたいから」伊桜里の純粋なまなざしが、まっすぐ結衣を見つめた。「わたしたちは日陰者じゃないでしょ。法には反したかもしれないけど、世のなかのほうがまちがってるとこもあるんだし。日向《ひなた》にいるのは結衣お姉ちゃんと、わたしたちのほう」

結衣は半ば唖然《あぜん》としながら伊桜里を見かえした。暗く気が鬱《うつ》する生きざまを自覚する優莉家にあって、こんな天真爛漫《てんしんらんまん》な発言はきいたことがない。なんとも新鮮な驚きがある。

けれども伊桜里の澄んだ瞳《ひとみ》を眺めるうち、ありえない夢物語もありえる気がしてきた。殺伐とした幼少期を送ってきながら、日陰者でなくなるときが来るのを思い描く。この兄弟姉妹にとって、どれだけ希望に満ちたものの捉《とら》え方だろう。

父の逮捕前、伊桜里はまだ幼すぎ、あの地獄の洗礼に直接晒《さら》されなかった。それが将来を楽観視させるのかもしれない。結衣は感慨とともにいった。「あんたに教えられることのうち、知ってほしいことはぜんぶ教えた。でもあんたがわたしみたいに捻《ね》じ曲がっちゃうんじゃないかって、それだけが心配だった」

「曲がるはずない。結衣お姉ちゃんがまっすぐな人だから」

「大量殺人鬼だよ」

伊桜里の笑顔はいっこうに曇らなかった。「いい意味でね」

「……いい意味で?」

「結衣お姉ちゃんも大学生活を心からエンジョイできて、就活でも引く手あまた、そんな優莉姓にしてみせる! わたしそれを目標にきめたの」いつしか伊桜里は微笑しながら涙ぐんでいた。「本当にありがとう、結衣お姉ちゃん。これからきっと恩がえしするからね」

胸に鋭く刺さる感傷が、それ以上ひろがらないよう抑えこむ。穏やかな思いとともに結衣はささやきかけた。「遅刻しないで。日暮里高校が志望校でも、内申点はそんなに馬鹿にできないから」

「わかった。もう行くね」伊桜里は身を翻し、校門へと駆けだした。「結衣お姉ちゃ

ん も大学のほう頑張って。大人になったらまた一緒に暮らそうね！」

返事もまたず、伊桜里は女子中学生らしい笑みを残し、校舎へと走り去った。周りを歩く生徒らが呆気《あっけ》にとられ、ぽかんとしながら眺めるほどのアオハルぶりだった。

結衣は伊桜里の背を見送ったのち、踵《きびす》をかえし立ち去りだした。路地に潜んでいた公安どもと目が合う。西峰が苦い顔で近づいてきて、結衣の横に並んだ。

歩きながら西峰がきいた。「これからマンションに帰るのか？」

「当然でしょ」

「いっさい証拠も残らず、反社が一掃されるような事件が起きる。きまってきみら兄弟姉妹は無関係。俺たちとしちゃいつも歯がゆい。だが……」

「なんですか」

「伊桜里さんの笑顔を見るのは、そう悪い気がしない」

「なにがいいたいんですか」

「悪い教育はなかったみたいだな」

軽く鼻を鳴らしたくなる。その点にかぎり結衣も同感だった。少なくとも公安との無駄話につきあえるぐらいには、いま気分は悪くない。伊桜里のいったとおり、陽のあたる場所を求めてもいいのかもしれない。

結衣はいったん足をとめ、学校を振りかえった。「教えられたのはわたしのほうかも。あんなに透明な子はほかにいない」

本書は書き下ろしです。

この物語はフィクションであり、登場する個人・団体等は、現実と一切関係がありません。

伊桜里《いおり》
高校事変《こうこうじへん》 劃篇《かくへん》
松岡圭祐《まつおかけいすけ》

令和5年 9月25日 初版発行

発行者●山下直久

発行●株式会社KADOKAWA
〒102-8177 東京都千代田区富士見2-13-3
電話 0570-002-301(ナビダイヤル)

角川文庫 23819

印刷所●株式会社暁印刷
製本所●本間製本株式会社

表紙画●和田三造

●お問い合わせ
https://www.kadokawa.co.jp/ (「お問い合わせ」へお進みください)
※内容によっては、お答えできない場合があります。
※サポートは日本国内のみとさせていただきます。
※Japanese text only

ISBN 978-4-04-114224-0 C0193

◇◇◇

角川文庫発刊に際して

角川源義

第二次世界大戦の敗北は、軍事力の敗北であった以上に、私たちの若い文化力の敗退であった。私たちの文化が戦争に対して如何に無力であり、単なるあだ花に過ぎなかったかを、私たちは身を以て体験し痛感した。西洋近代文化の摂取にとって、明治以後八十年の歳月は決して短かすぎたとは言えない。にもかかわらず、近代文化の伝統を確立し、自由な批判と柔軟な良識に富む文化層として自らを形成することに私たちは失敗して来た。そしてこれは、各層への文化の普及滲透を任務とする出版人の責任でもあった。

一九四五年以来、私たちは再び振出しに戻り、第一歩から踏み出すことを余儀なくされた。これは大きな不幸ではあるが、反面、これまでの混沌・未熟・歪曲の中にあった我が国の文化に秩序と確たる基礎を齎らすためには絶好の機会でもある。角川書店は、このような祖国の文化的危機にあたり、微力をも顧みず再建の礎石たるべき抱負と決意とをもって出発したが、ここに創立以来の念願を果すべく角川文庫を発刊する。これまで刊行されたあらゆる全集叢書文庫類の長所と短所とを検討し、古今東西の不朽の典籍を、良心的編集のもとに、廉価に、そして書架にふさわしい美本として、多くのひとびとに提供しようとする。しかし私たちは徒らに百科全書的な知識のジレッタントを作ることを目的とせず、あくまで祖国の文化に秩序と再建への道を示し、この文庫を角川書店の栄ある事業として、今後永久に継続発展せしめ、学芸と教養との殿堂として大成せんことを期したい。多くの読書子の愛情ある忠言と支持とによって、この希望と抱負とを完遂せしめられんことを願う。

一九四九年五月三日

驚天動地の展開！
この巻の為にシリーズはあった

『高校事変17』

松岡圭祐

2023年11月24日発売予定

発売日は予告なく変更されることがあります。

角川文庫

魔の体育祭、ついに開幕！

好評発売中

『高校事変14』

著：松岡圭祐

梅雨の晴れ間の6月。凜香と瑠那が通う日暮里高校で体育祭が開催されようとしていた。その少し前、瑠那宛てに怪しげなメモリーカードが届いて……。危機はまだ去っていなかった。魔の体育祭、ついに開幕！

角川文庫

新刊予告

écriture《エクリチュール》 新人作家・杉浦李奈の推論 X

怪談一夜草紙の謎

松岡圭祐

2023年10月24日発売予定

発売日は予告なく変更されることがあります。

角川文庫